FRANZ KREUZER

Schneekalt

RAUHNACHT Valentin Steinberg wird von seinen Freunden, den Glasschmieden Axel und Richard, zu einem langen Wochenende in den Zwiesler Winkel eingeladen. Ihn erwarten die Waldrauhnacht in Frauenau und das internationale Skirennen am Arber. Doch beide Ereignisse stehen von Anfang an unter einem schlechten Stern, denn seit Tagen schneit es ununterbrochen und immer wieder stören Sabotageakte die Vorbereitungen auf das Skirennen. Dann wird eine bekannte Glaskünstlerin von einem Schneepflug erfasst und erliegt ihren Verletzungen. Valentin glaubt nicht an einen Unfall und ermittelt zusammen mit Sara Lillem, die bei der örtlichen Polizei arbeitet. Dabei stoßen sie auf Hexen und weitere Sagengestalten, die alle nur das Beste für ihre Heimat – den Bayerischen Wald – wollen.

Franz Kreuzer wurde 1965 in Zwiesel geboren und verbrachte seine Jugend und Schulzeit im Bayerischen Wald. Zur weiterführenden Ausbildung ging er nach München, wo er sein Studium als Diplom-Ingenieur abschloss. Nach Stationen bei einem Glashersteller und einer Bank arbeitet er seit vielen Jahren in der Entwicklung von Embedded Software. www.franz-kreuzer.de

Bisherige Veröffentlichungen im Gmeiner-Verlag:
Waldsterben (2012)

Personen und Handlung sind frei erfunden.
Ähnlichkeiten mit lebenden oder toten Personen
sind rein zufällig und nicht beabsichtigt.

Bilder und Hintergründe zu den Orten und Tatorten im Bayerischen Wald:

DER ZWIESELER WINKEL

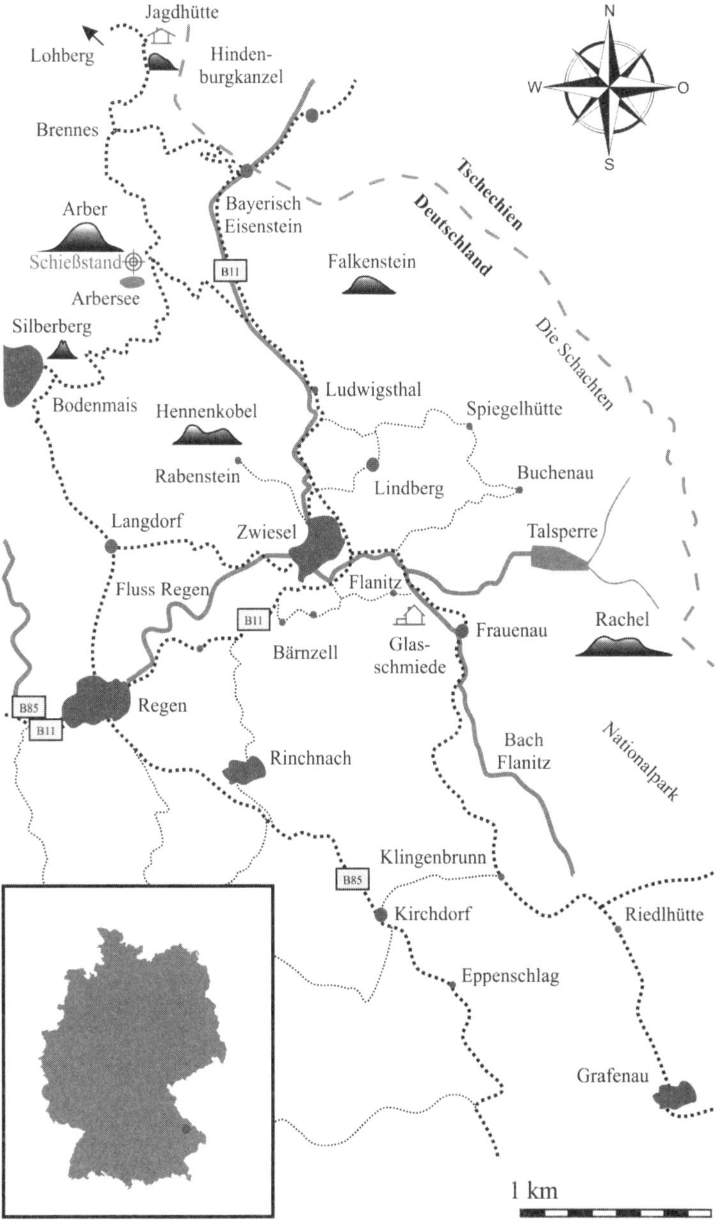

PROLOG

Helmut Seethaler war guter Dinge. Er befand sich auf seiner letzten Runde, anschließend würde er endlich Feierabend machen. Schwerstarbeit war das Räumen mit dem Schneepflug heute gewesen, aber jetzt konnte er es sich allmählich erlauben, sein Augenmerk auf die schönen Dinge des Lebens zu richten.

»Skandal um Rosi«, pfiff er vor sich hin. Doch weil das Rumpeln des Räumschilds auf der Straße sein Pfeifen übertönte, fing er an mit eingerosteter Stimme den Rosi-Song gegen den Lärm zu schmettern.

Ja – die Rosi. So einer Frau begegnete man schließlich nicht alle Tage, weiche braune Locken, rehbraune Augen und Rundungen genau an den richtigen Stellen. Er schätzte sich glücklich, ihr begegnet zu sein. In seinem Alter bekam man nicht mehr oft eine zweite Chance. Helmut fuhr sich über die Stoppelhaare und überlegte, ob es günstiger war, seine neue Flamme in die Pizzeria nach Regen einzuladen oder in das bayerische Wirtshaus in Neuschönau.

Vor ihm auf der Straße, wo das große stählerne Räumschild über den Teer schabte, stoben permanent orange glühende Funken nach allen Seiten. Die Fahrt mit einem der schweren Schneepflüge durch den Bayerischen Wald hatte für Helmut etwas vom Ritt auf einem feuerspeienden Drachen.

Er kniff die Augen zusammen und verfluchte innerlich seine Kollegen vom Bauhof, die wieder einmal vergessen hatten, die Blätter der Scheibenwischer auszuwechseln. Eine Scheißsicht war das. Nur schemenhaft nahm er in der Dunkelheit und bei wildem Schneetreiben die riesige Gestalt am Straßenrand wahr, die sich taumelnd auf ihn zu bewegte.

Was zum Teufel war das? Helmut riss den Fuß vom Gas und stieg mit aller Gewalt auf die Bremse.

Selbst Wochen später konnte er sich nur noch an die grauenhafte Fratze, die wilde Mähne und die bösen zusammengekniffenen Augen erinnern, die ihn für den Bruchteil einer Sekunde unmittelbar durch die Windschutzscheibe angestarrt hatten. Dieses Bild hatte sich auf ewig in seine Großhirnrinde eingebrannt, ebenso wie das schreckliche Geräusch, das so gar nicht zu dem ihm vertrauten, liebgewordenen Dröhnen des Schneepflugfahrens passte.

KAPITEL 1

Voller Vorfreude auf das lange Wochenende im Wald war Valentin frühmorgens in München aus dem Bett gesprungen. Die beiden Töchter wollten sie bei Freunden unterbringen, sodass seine Frau Luisa und er das ganze Wochenende für sich hatten. Doch kurz nach dem Frühstück wurde Luisa zu einem wichtigen Meeting in den Fernsehsender beordert. Valentin beschloss sich nicht darüber zu ärgern und allein die Reise anzutreten, was vom Rest der Familie nach längerer Beratung auch gutgeheißen wurde.

Doch als er sich im Internet das Wetter für den Zwiesler Winkel angesehen hatte, disponierte er spontan um. Seit vier Tagen schneite es im Bayerischen Wald ununterbrochen, auf der Rusel gab es eine Totalsperrung und die Alternativrouten durften nur mit Schneeketten befahren werden. Mit dem Kombi ohne Allrad wollte er die Strecke nicht wagen und so machte er sich mit ein paar Anziehsachen und seiner Skiausrüstung gegen Mittag auf den Weg zum Münchner Hauptbahnhof.

Die Reise mit dem Regional-Express verlief bis Plattling recht problemlos, doch als Valentin den kleinen Zug sah, dem zwei große Dieselloks und ein kolossaler Schneepflug vorgespannt waren, beschlich ihn ein ungutes Gefühl. Das saurierartige Brüllen der starken

Dieselmotoren weckte schließlich seine Zuversicht, dass die Leute im Bayerischen Wald die Lage im Griff hatten. Immerhin kamen solche extremen Wettersituationen immer wieder vor.

Es stellte sich freilich heraus, dass man die Situation zwar im Prinzip beherrschte, doch der Fahrplan bloße Makulatur war. Als der Zug mit mehr als zwei Stunden Verspätung Zwiesel erreichte, war es bereits stockdunkel und er stand allein auf dem zugeschneiten Bahnhofsvorplatz. Seine beiden Schulfreunde hatten ihm zuvor per SMS mitgeteilt, dass sie ihn um diese Zeit nicht mehr abholen konnten, weil sie zum Aufbau der Waldrauhnacht nach Frauenau mussten. Sie ließen Valentin allerdings nicht hängen, sondern hatten für das letzte Stück der Reise vorgesorgt. Die Kurznachricht besagte, dass sie auf dem Parkplatz des Bahnhofs für ihn ein Fahrzeug abgestellt hatten. Mit diesem sollte er selbst nach Frauenau fahren. Seine Rückfrage, ob es bei der Schneelage überhaupt möglich sei über die verschneiten Straßen das Glasmacherdorf zu erreichen, beantworteten sie, er solle auf dem Bahnhofsparkplatz nach einem U 1000 Ausschau halten. Der Zündschlüssel wäre im Übrigen unter der Fußmatte des Beifahrersitzes versteckt.

Valentin konnte mit der Fahrzeugbezeichnung nichts anfangen, obwohl er alsbald einen Verdacht hatte, bei dem ihm mulmig wurde. Als er dann mit dem Gepäck auf dem Parkplatz stand und sich suchend umsah, entdeckte er das Gefährt. Der U 1000 war ein älterer oranger Unimog mit Schneeketten an den großen Rädern, einem Kranaufbau zwischen Fahrerkabine und Ladefläche sowie einer großen elektrischen Seilwinde vor dem Kühler. Er stand eingeschneit und einsam auf dem Parkplatz. Der reguläre Autoverkehr musste nahezu zusammengebrochen sein, ansonsten hätten ihm seine beiden Freunde nicht ein derartiges Ungetüm zur Verfügung gestellt.

Er warf den Skisack auf die Ladefläche und kletterte zur Fahrerkabine hoch. Sie war unverschlossen. Den Zündschlüssel fand er wie versprochen unter der Fußmatte. Als er schließlich auf dem gefederten Fahrersitz saß, war das Gefühl grandios. So müsse sich der König der Landstraße fühlen, glaubte er und blickte von oben hinab auf die verschneite Welt.

Valentin drehte bedächtig den Schlüssel. Die Rudolf-Diesel-Gedenksekunde dauerte allerdings bei diesem Motor eine geschlagene halbe Minute, und erst nach mehreren Versuchen lief er ohne Anlasserunterstützung. Als dann das beruhigende Tuckern in seinen Ohren ertönte, lächelte er erleichtert. Doch dann fingen die Schwierigkeiten an. Rechts neben dem Fahrersitz befand sich eine enorme Anzahl von großen und kleinen Hebeln. Er studierte die abgenutzten Piktogramme für Schaltung, Differentiale, Elektrik und Hydraulik. Es dauerte, bis er einigermaßen sicher war, was er alles benötigte, um vorwärts zu kommen. Dann betätigte er die Kupplung, legte den ersten Gang ein und ganz langsam setzte sich das urtümliche Geländegefährt in Bewegung.

Die acht Kilometer Fahrt nach Frauenau dauerten dann beinahe eine Stunde. Das war nicht den Schneemassen auf der Straße geschuldet, denn diese stellten für den U 1000 kein Hindernis dar, sondern den vielen Hebeln und Schaltern. Valentin musste einen nach dem anderen vorsichtig durchprobieren und anhand der geänderten Fahreigenschaften herausfinden, welche Funktion sie jeweils hatten. Kriechgang, Sperrhebel für die drei mechanischen Differentiale und natürlich acht Vorwärts- und acht Rückwärtsgänge mit zusätzlich schaltbarem Vorgelege.

Schlussendlich erreichte er voller Stolz über die gemeisterte Herausforderung das Glasmacherdorf im Wald. Er parkte nach einer kurzen Irrfahrt links am Ortseingang auf dem alten Sportplatz, weil direkt vor seinem eigentlichen Ziel Schneeräumarbeiten im Gange waren. Dann machte er sich zu Fuß auf den Weg zur Bürgerhalle, in der am Samstagabend die berühmte Rauhnacht stattfinden sollte.

Die Hexe blickte ihn unheilvoll von der Seite an. Ihre Augen strahlten glühend rot und die schwarzen zottigen Haare hingen verfilzt über das Gesicht. In den Händen hielt sie einen alten Besen, bereit zu ihrem Flug über das nächtliche Dorf. Plötzlich erloschen die Augen.

»Verdammt, jetzt ist mir der blöde Draht schon wieder aus der Lüsterklemme gerutscht«, fluchte Richard aus dem Inneren der Hexenfigur.

»Lass das mal und komm herunter. Valentin ist da«, rief Axel zu ihm hoch und grinste dem Neuankömmling entgegen. Seit der Zeit im Zwieseler Gymnasium hatte Axel sich nicht allzu sehr verändert. Ein schlaksiger Sportlertyp, selbst im Winter stark gebräunt und mit kurzen dunklen Haaren. »Hast du es doch noch geschafft zu uns ins Outback vorzudringen?«

»Hör bloß auf. Ich bin seit Mittag unterwegs. Von München bis Plattling lief es so einigermaßen, doch die folgenden 50 Kilometer nach Zwiesel waren eine einzige Katastrophe. Geschlagene drei Stunden hat das gedauert. Da hätte ich auch zu Fuß gehen können.«

»Bist wohl auf die Werbung der Bahn hereingefallen«, flachste Axel. »Bei diesem Wetter fährt man mit dem Auto und nicht mit dem Zug.«

Valentin schüttelte den Kopf. »Mit unserer Familienkutsche brauche ich bei diesen Schneefällen auf der Rusel erst gar nicht antreten. Da würde ich nie drüberkommen.«

»Sag mal, kann es ein, dass du abgenommen hast?«, fragte Axel. Er betrachtete seinen ehemaligen Mitschüler neugierig. Valentin war knapp unter eins achtzig, hatte akkurat geschnittene dunkelblonde Haare und einen kleinen Bauchansatz.

»Es freut mich, dass dir das auffällt. Ich nutze gerade meine aktuelle berufliche Auszeit, um mich wieder mehr zu bewegen. Doch das, was du dir in zehn Jahre angefuttert hast, kriegst du halt in wenigen Wochen nicht wieder runter.« Valentin klopfte schmunzelnd mit der flachen Hand auf seinen Bauch.

»Servus, Val«, unterbrach sie Richard, mittlerweile von seiner wackeligen Leiter heruntergekommen. Er war äußerlich das Gegenstück zu Axel. Kräftige Statur, längere blonde Haare und ein kleines Ziegenbärtchen an der Unterlippe.

»Grüß dich. Was machst du denn da oben?«, fragte Valentin neugierig und deutete zu der mehr als drei Meter großen Hexenfigur, die mit Drähten an der Decke befestigt war.

»Nachdem uns letztes Jahr eine der Figuren in Flammen aufgegangen ist, ersetzen wir heuer alle Glühlämpchen durch Leuchtdioden. Die werden längst nicht so heiß und haben auch noch schönere Farben. Allerdings macht der Umbau ganz schön viel Arbeit.«

»Seid ihr zeitlich nicht arg spät dran? Immerhin ist heute schon Donnerstag und am Samstagabend steigt die Feier.«

»Wir können es schaffen, wenn wir uns anstrengen und etwas Gas geben. Heuer verläuft der Rauhnachtsaufbau ohnehin völlig chaotisch. Unsere Elektronikbauteile kamen auf den letzten Drücker und seit Tagen fallen diese Schneemassen vom Himmel. Seit Stunden fräsen sie an der Straße vor der Halle den Schnee weg. Deshalb kann man dort nicht parken, nicht mal für kurze Zeit. Also stellen die Leute irgendwo im Dorf ihre Fahrzeuge ab und schleppen die großen Figuren bei dem Sauwetter zur Halle. Die meisten Teile der Dekoration sind ja wasserempfindlich. Deshalb musst du alles sorgfältig in Folie verpacken, bevor du die Sachen durch das Schneetreiben trägst. Frag mich bloß nicht, was wir heute schon geflucht haben. Das war alles andere als jugendfrei.«

In dem Augenblick, als Valentin auf die Umrüstung auf Leuchtdioden zu sprechen kommen wollte, setzte ohrenbetäubender Lärm ein. Offenbar wurde heute Abend die Lautsprecheranlage eingestellt, denn der Schlagzeuger auf der Bühne legte sich für den Soundcheck richtig ins Zeug. Irgendwie kam Valentin der Song zwar bekannt vor, aber er konnte ihn schließlich nicht zuordnen. Richard blickte entschuldigend zu Valentin, zuckte dann hilflos mit den Schultern und kletterte wieder hoch zur Hexe. Mit einem Schraubenzieher in der Hand verschwand er mit dem Oberkörper im Inneren der Figur. Kurze Zeit später glühten die Augen blutrot.

Die wilde Schlagzeugmusik verebbte und Axel konnte sich wieder verständlich machen.

»Ausgezeichnet, dass es dieses Wochenende geklappt hat. Du musst dich allerdings noch eine Weile gedulden, bis wir die Figuren auf dieser Seite der Halle umgerüstet haben. Aber dann setzen wir uns auf einen Ratsch zusammen. Wie du siehst, ist heute Abend die Hölle los.«

Valentin blickte sich um. Axel hatte recht. Sicherlich 30 Personen werkelten für die traditionelle Waldrauhnacht in der großen Dreifachturnhalle der Grundschule von Frauenau. Da wurden mannsgroße Figuren hereingetragen, von den schützenden Folien befreit und an den Wänden oder der Decke mit Drähten befestigt. Mehrere Helfer waren dabei, die Kabel für die Lichtanlage zu verlegen, und andere wiederum sägten die Bretter für die hölzerne Bühne zurecht. Im hinteren Bereich der Halle hatten bereits einige damit begonnen, Tische und Stühle aufzustellen. Alle Vereine, die Feuerwehr und sogar das Technische Hilfswerk, waren vertreten. Aus den großen Lautsprechern kreischte es immer wieder schrecklich auf, als die entsprechenden Kabel verbunden wurden. Seitlich der Bühne stand ein kräftiger Mann mit einem Mikrofon in der Hand und kommandierte mit lauter Stimme die Helfer herum.

Die Musik setzte wieder ein, doch war es diesmal kein wildes Getrommel, sondern die Stones, die nicht minder leidenschaftlich aus der Konserve ihr *Jumpin' Jack Flash* darboten.

Axel zupfte Valentin am Arm und deutete auf einen der geöffneten Notausgänge an der Hallenseite. Er brüllte ihm ins Ohr. »Von der langen Fahrt hast du sicher Hunger. Dort draußen kriegst du alles, was dein Magen begehrt. Wir kommen nach, sobald wir hier fertig sind.«

Valentin nickte und schlängelte sich an einer jungen Frau vorbei, die den bemoosten Torso eines größeren Fabelwesens in Richtung Bühne zerrte. Sie wirkte wie eine Ameise, die ein für sie viel zu großes Teil in Richtung Bau trug. Er verließ die Halle, in der nun auch noch ein irres Lichtgewitter im Takt der Musik niederging.

Kaum war er im Freien, verebbte der Lärm. In einer Ecke, vor dem starken Schneefall und dem Wind geschützt, stand ein überdimensionaler Holzkohlegrill. Über den rot glühenden Kohlen lagen auf dem Rost neben anderen Köstlichkeiten massenhaft kleine Bratwürstchen, die einen wunderbaren Duft verbreiteten und Valentin regelrecht anlockten.

Eine Frau mittleren Alters, eingewickelt in viele Schichten warmer Kleidung, stand daneben und wendete mit einer Zange das Grillgut.

»Ich gehöre zwar nicht direkt zur Aufbaumannschaft, aber vielleicht bekomme ich ja trotzdem was?«, fragte Valentin und sah sie mit übertrieben treuem Hundeblick an.

»Natürlich, es ist genügend da. Die hungrigen Raubtiere sind bereits vor einer Stunde eingefallen. Sie haben es nicht geschafft, den Grill leer zu futtern«, antwortete sie schmunzelnd. Mit der Zange deutete sie auf den Rost. »Ich habe Nürnberger, Käsegriller, Halsgrad, Putensteaks und sogar gebratene Zucchini.«

»Die Nürnberger mit scharfem Senf und einer Semmel wären perfekt.«

»Klar doch, mach ich. Meine Zucchini bekomme ich heute Abend sowieso nicht mehr los«, jammerte sie und legte die Würstchen fein säuberlich nebeneinander auf einen Pappteller. »Senf und Semmel bitte selbst nehmen, die sind dort drüben auf dem Tisch.« Sie trat von einem Bein auf das andere und hielt die Hände über die glimmenden Kohlen.

Valentin hatte sich unterdessen mit den Beilagen versorgt und stellte sich neben die Frau an den wärmenden Grill. »Warum hat man Sie denn hier nach draußen verfrachtet? Wäre doch viel praktischer, wenn Sie drinnen in der Halle wären?«

»Letztes Jahr gab es einen Brand in der Dekoration und seitdem schieben alle Panik. Das hatte zwar nichts mit dem Grill zu tun, aber trotzdem verbannt die Feuerwehr seitdem alles aus dem Gebäude, was irgendwie mit Hitze und Feuer zu tun hat.«

»Das kann ich nachvollziehen. Ein Brand bei einer voll belegten Halle würde in einer Katastrophe enden. Immerhin wärmt einen der Grill in der Kälte hier draußen.«

»Wenn nur nicht dieser Würstelgeruch wäre«, jammerte sie.

»Warum denn?«, fragte Valentin erstaunt. »Das duftet doch fabelhaft.«

»Ich gehöre zu denen, die solche Dinge essen«, erwiderte sie und deutete auf die gegrillte Zucchini, »und nicht zu denen, die tote Tiere mögen.«

Valentin sah sie überrascht an. »Das ist ja fies. Dann darf man Sie doch nicht an den Grill abkommandieren!«

»Mein Mann ist drinnen mit dem Aufbau der Musik beschäftigt und ich muss mich hier um die leibliche Versorgung kümmern. Ich bin übrigens die Eva«, sagte sie und streckte ihm die Hand entgegen.

»Valentin heiße ich«, sagte er. »Du solltest dich wirklich mal aufwärmen, deine Hände sind ja eiskalt.«

»Später vielleicht. Ich hätte noch selbst gemachten Glühwein. Willst du welchen?«

»Gerne, wenn ich ihn nicht allein trinken muss.«

»Lieber nicht. Ich hatte vorhin schon einen großen Becher.«

Valentin blickte Eva genauer an. Trotz der vielen Schichten Kleidung fiel ihm auf, wie zierlich sie war. Unter der bunten Inkamütze schauten lange dunkelblonde Haare hervor, die hinten zu einem dicken Knoten zusammengebunden waren. Früher musste sie einmal eine strahlende Schönheit gewesen sein, dachte Valentin, doch hatte sie den Zenit bereits um etliche Jahre überschritten. Ihrer Ausstrahlung tat dies jedoch keinen Abbruch.

»Warum ist denn hier eigentlich so viel los? Die Rauhnacht ist doch längst keine so wichtige Veranstaltung mehr wie in meiner Jugendzeit. Damals war sie das wichtigste Maskenfest im Bayerischen Wald. Die Leute kamen von weither, und man musste Monate im Voraus Plätze reservieren, sonst kam man überhaupt nicht rein.«

»Im letzten Jahr waren es nur knapp 150 Besucher, und wenn es heuer noch weniger werden, dann rentiert sich der ganze Aufwand nicht mehr. Das ist das Problem. Deshalb hat man im Verein beschlossen, dieses Jahr richtig viel Zeit und Energie in die Veranstaltung zu stecken, um wieder mehr Leute zur Frauenauer Waldrauhnacht zu locken. Immerhin feiern wir sie seit über 60 Jahren, und früher war sie die größte Brauchtumsveranstaltung im Bayerischen Wald. Du kannst dich sicher noch an die fantastischen Masken aus deiner Jugend erinnern. Die gibt es immer noch und teilweise werden sie jedes Jahr neu angefertigt. Sie müssen immer etwas mit der Natur im Wald zu tun haben. Ich finde, die Veranstaltung ist wirklich etwas ganz Besonderes und nicht so ein 08/15-Fest wie manch anderes. Deshalb arbeite ich auch seit Jahren mit. Die Tradition sollten wir aufrechterhalten.«

»Dann verstehe ich den ganzen Trubel. Ich bin ja nur zu Besuch bei meinen Freunden übers Wochenende. Du kennst sie sicher. Axel und Richard, die zwei Glaskünstler, die zwischen Frauenau und Zwiesel in der alten Schmiede wohnen. Die beiden haben mich vorhin mehr oder minder hier herauskomplimentiert, weil sie total im Stress sind.«

Sie nickte und wendete mit der Zange die Würstchen und Zucchini auf dem Rost. »Ja, die kenne ich. Wenn ich mich nicht täusche, haben sie ein Faible für recht große Objekte. Das passt ja auch zu ihnen. Es ist sehr gut, dass auch sie beim Aufbau dabei sind und in diesem Jahr alle so engagiert zusammenarbeiten. Heuer muss die Waldrauhnacht erfolgreich sein, sonst wird es sie im nächsten Jahr vielleicht nicht mehr geben.«

»Ich drück euch auf jeden Fall fest die Daumen. Tut mir leid, doch ich muss dich allein lassen, mir wird es zu kalt hier draußen«, sagte Valentin. »Mit so einem Wintereinbruch habe ich überhaupt nicht gerechnet.«

»Geh rein. Zumindest meine Zehen haben's warm«, sagte sie und deutete auf die unförmigen Moonboots an ihren Füßen. »Wir sehen uns sicher am Samstagabend.«

»Fragt sich nur, ob wir uns auch erkennen«, schmunzelte Valentin und winkte zum Abschied. Er ging in die Halle zurück und war froh, dem Schnee und der Kälte entkommen zu sein. Im Augenblick spielten sie *Satisfaction* und das Licht flackerte passend dazu. Die Sound- und Lichtanlage war also mittlerweile voll funktionsfähig und einsatzbereit. Plötzlich erschallte laut eine Stimme über die Lautsprecher.

»Axel und Richard, jetzt schaut euch doch mal die beiden Waldschrate vorn links an. Deren Augen sind schon wieder tot. Ich hoffe bloß, das klappt endlich mal mit eurem komischen Leuchtdioden-Zeugs.« Der Kompagnon des Vorarbeiters hatte die Aufsicht übernommen und sprach nicht minder lautstark Befehle ins Mikrofon. Valentin blickte sich suchend nach den beiden Glasschmieden um. Sie standen mit einer Flasche Bier in der Hand schwatzend bei den anderen pausierenden Männern des Aufbauteams. Eilig ergriffen Axel und Richard nach der Aufforderung ihr Werkzeug sowie die Leiter und begaben sich zu ihrem neuen Einsatzort.

Valentin hoffte, nicht auch noch eingespannt zu werden, und versuchte, geschäftig zu wirken. Er eilte unauffällig und mit schnellen Schritten zu seinen beiden Freunden. Unterdessen wurde die Musik wieder voll aufgedreht.

»Ich habe draußen auf euch gewartet. Wie lange braucht ihr denn noch?«, brüllte er Axel ins Ohr.

»Wir müssen heute Abend noch diese beiden Waldschrate versorgen. Du hast es ja gerade gehört, wie blank die Nerven unserer Organisatoren liegen. Dann unterbrechen wir bis morgen, weil wir einige zusätzliche Stromkonstanter für die Leuchtdioden benötigen und die blöderweise noch im Keller der Glasschmiede liegen. Du kannst also ruhig schon mal vorausfahren, es dauert nicht mehr lange, bis wir nachkommen.«

»Gibst du mir den Schlüssel fürs Haus? Ich warte ungern bei dieser Witterung vor der Tür.«

»Der steckt innen«, grinste Axel, drehte sich zu Richard um und reichte ihm eine Zange aus dem Werkzeugkasten.

»Na denn, bis gleich«, verabschiedete sich Valentin und ging Richtung Ausgang.

Selbst vor der Bürgerhalle war einiges los. Ein Unimog mit Schneefräse fuhr im Schritttempo am Straßenrand entlang und blies mit einem Höllenlärm Schnee auf den Anhänger eines langsam neben ihm fahrenden Traktors. Die orangen Warnlichter beider Fahrzeuge illuminierten rundum das wilde Schneetreiben in der Nacht.

Die an den abgeschalteten Straßenlaternen befestigten Hexenpuppen blickten drohend auf die vorübergehenden Menschen hinab. Sie trugen zerschlissene Kleidung und saßen auf langen Besen, die im Wind langsam hin und her schaukelten. Auf Valentin wirkte es fast so, als wenn sie durch die winterliche Nacht flogen. Die Szenerie hatte etwas Unwirkliches und Gruseliges. Er beeilte sich, denn bei dem scheußlichen Wetter wollte er schnell wieder ein Dach über dem Kopf haben.

Auf dem Bürgersteig schlängelte er sich an der gefährlich aussehenden Fräse vorbei und eilte in Richtung alter Sportplatz. Als er von der Seitenstraße die durch den Ort führende breite Staatsstraße erreichte, bemerkte er weitere hektisch flackernde Lichter. Doch diesmal waren sie nicht nur orange, sondern es waren auch blaue dabei. Neugierig schritt er schneller voran und schaute auf die Ansammlung verschiedener Einsatzfahrzeuge, die kreuz und quer die Straße blockierten.

Ein großer dreiachsiger Lastwagen, vorn mit mächtigem Räumschild und hinten mit einem großen Streuaufbau, hatte den Spuren nach eine Vollbremsung hingelegt und befand sich mit immer noch rotierenden Drehspiegelleuchten im Zentrum der anderen Fahrzeuge. Direkt daneben standen ein Rettungswagen und das dazugehörige Vorausfahrzeug, beide mit voller Einsatzbeleuchtung.

»Was ist denn da passiert?«, murmelte er und trat näher. Im ersten Augenblick vermutete er, dass ein Tourist geglaubt hatte, Schneepflüge hätten nicht unter allen Umständen Vorfahrt und war nun auf recht brachiale

Weise eines besseren belehrt worden. Komisch fand er allerdings, dass auch noch ein Sanitätswagen da war. Ein beklemmendes Gefühl stieg langsam in ihm auf.

Die hinteren Flügeltüren des Rettungswagens waren weit geöffnet. Auf der Kante saß ein Mann, knapp 50 und mit der üblichen sicherheitsfarbenen Kleidung der Arbeiter des Winterdienstes. Es handelte sich vermutlich um den Fahrer des Schneepfluges. Er stierte mit leeren Augen vor sich auf den schneebedeckten Boden. Vor ihm kauerte der Notarzt, das war zumindest in reflektierender Beschriftung auf dem Rücken seiner Winterjacke gedruckt, und redete beruhigend auf ihn ein.

Valentin wollte keinesfalls als Schaulustiger im Weg herumstehen und versuchte, sich unauffällig an dem Schneepflug zum Parkplatz vorbeizuschlängeln. Da sprach ihn einer der Sanitäter an.

»Gehören Sie zur Aufbaumannschaft der Rauhnacht?«

Valentin nickte, doch noch ehe er anmerken konnte, dass er eigentlich nur ein Besucher war, erhielt er schon einen Auftrag.

»Dann packen Sie mal mit an. Hier liegen jede Menge Trümmer von eurer Dekoration herum. Das muss weg von der Straße, sonst löst sich alles in dem salzigen Matsch auf.«

Tatsächlich lagen Teile einer größeren Figur über die Straße verstreut. Offenbar war sie mit dem Schneepflug kollidiert und dabei mit roher Gewalt zur Seite geschleudert und auseinandergerissen worden.

»Nehmen Sie das Teil und legen Sie es dort drüben auf die Plane.« Der Sanitäter gab Valentin den zerborstenen Kopf eines animalisch aussehenden Waldwesens, der ursprünglich sicher über einen Meter Durchmesser gehabt hatte.

»Was ist denn hier passiert?«, fragte Valentin.

»Einer von euren Aufbauleuten ist mitsamt einer Figur vor den Schneepflug gefallen. Ganz böse Sache.«

»Hoffentlich ist er nicht schlimm verletzt«, sagte Valentin perplex. Ihm war bisher noch gar nicht eingefallen, dass bei dem Unfall auch Personen zu Schaden gekommen sein könnten. Er hatte immer noch die Hypothese mit dem auf seinem Vorfahrtsrecht beharrenden Touristen im Kopf.

»Sie liegt dort drüben unter der Decke. Da war nichts mehr zu machen«, entgegnete der Sanitäter.

»Sie? Tot?«

»Ja«, bestätigte er kurz. »Das Räumfahrzeug kommt hier mit 70 die Steigung hoch, es braucht richtig Schwung, um den schweren Schnee von der Fahrbahn zu bekommen. Da hast du keine Chance, wenn du vor das Räumschild stolperst. Dann macht es *bumm* und alle deine Knochen sind auf einen Schlag gebrochen.«

»Scheiße«, entfuhr es Valentin und er schaute kleinlaut in Richtung Bahre, auf der die Tote unter einer goldfarbenen Rettungsdecke lag. Sie war bereits mit einer dünnen Schneeschicht bestäubt, die im Licht der farbigen Einsatzlichter glitzerte. Ein plötzlicher Windstoß fuhr unter die federleichte Folie und klappte sie am Kopfende um. Valentin erkannte ein jugendliches Gesicht, eingerahmt von hellblonden Haaren. Die Augen waren halb geöffnet und ein Rinnsal Blut war ihr aus der Nase über die Wange geflossen. Er zwang sich den Kopf abzuwenden und schloss die Augen. Sie musste etwas über 20 gewesen sein, nur einige Jahre älter als seine beiden Töchter. Er stöhnte leise.

»Verdammt, der blöde Wind.« Der Sanitäter hatte ebenfalls bemerkt, dass die Decke hochgeklappt war, und eilte zur Bahre. Routiniert befestigte er die glitzernde Folie wieder, sodass nur noch der Umriss der Toten zu sehen war. Dann kam er zu Valentin zurück. »Warte mal, ich gebe dir ein Paar Handschuhe. Da ist an einigen Teilen der Figur Blut dran. Hat sie wohl noch härter erwischt, als ich ursprünglich dachte.«

Valentin war froh über die Kälte und den Schnee, der ihm ins Gesicht wehte. Sonst hätte er sich übergeben müssen. Vor nicht allzu langer Zeit war er schon mal auf recht schonungslose Weise mit dem Tod im Bayerischen Wald konfrontiert worden. Damals hatte er beim abendlichen Joggen den von Wölfen schrecklich entstellten Leichnam eines Mannes gefunden. Sein Mörder hatte ihn im Streit von einem Aussichtsturm in das Gehege geworfen. Diese erneute unmittelbare Begegnung mit dem Tod erschütterte ihn.

»Tobi, hör sofort damit auf, die Sachen wegzuräumen«, hörte er jemanden brüllen.

Der Sanitäter und Valentin blickten erstaunt in Richtung Rettungswagen. Dort stand der Notarzt und sah mit ärgerlichem Blick zu ihnen herüber. Er wandte sich wieder mit leisen Worten an den Schneepflugfahrer, der wie ein Häufchen Elend zwischen den Flügeltüren saß und sich immer wieder kopfschüttelnd mit beiden Händen durch seine Stoppelfrisur fuhr. Dann lief der Notarzt zu ihnen herüber.

»Lasst das Zeug liegen, das war kein Unfall. Der Fahrer hat mir gerade erzählt, dass die Eschenrieder nicht allein war. Er glaubt, noch eine zweite Person gesehen zu haben, die sie vor den Schneepflug gestoßen hat.«

Valentin und der Sanitäter starrten den Arzt überrascht an. Der Sanitäter fing sich als Erster. »Ist er sich da wirklich sicher? Bei dem Schneegestöber und dem schlechten Licht glaubt man schnell etwas bemerkt zu haben, was in Wirklichkeit ganz anders aussieht.«

»Der Fahrer ist mit seinen Nerven zwar völlig am Ende, aber die Behauptung klingt plausibel. Er hat zwei Figuren gesehen. Jemand hat bereits die Polizei verständigt. Bis dahin dürfen wir hier nichts mehr verändern.«

»Dann ist doch die ganze Fahrbahn blockiert, da kommt keiner mehr durch.«

»Macht nichts, über die Anliegerstraßen im Dorf kann man die Vollsperrung schon irgendwie umfahren. Es wird allerdings etwas dauern, bis der Freund und Helfer eintrifft, die sind heute Nacht alle auf Wache am Arber.«

Der Sanitäter wandte sich Valentin zu und hob die

Schultern. »Vielen Dank fürs Helfen, aber ab jetzt dürfen wir nichts mehr anrühren. Vielleicht können Sie die Teile der Riesenfigur später trotzdem abholen. Möglicherweise könnt ihr sie bis zur Veranstaltung am Samstag wieder instand setzen.«

»Ich sage den Leuten in der Bürgerhalle Bescheid. Das sollen die entscheiden.«

»Klar, kein Problem. Könnten Sie mir bitte noch Ihren Namen nennen? Nur für den Fall dass die Polizei später wissen will, wer geholfen hat.«

»Valentin Steinberg heiße ich«, murmelte er.

Der Sanitäter blickte ihn verdutzt an. Erst nach einer Weile antwortete er. »Glück bringen Sie uns aber nicht!«, stellte er nachdenklich fest und wandte sich dem Rettungswagen zu.

KAPITEL 2

Schließlich hatte es Valentin geschafft und mit dem Unimog die Glasschmiede erreicht. Das alte Gebäude stand allein im Wald zwischen Frauenau und Zwiesel. Früher hatte hier ein Schmied gewohnt, der für seine handgeschmiedeten Werkzeuge, wie Äxte, Stemmeisen und Messer, weit über die Gegend hinaus geschätzt gewesen war. Seit einigen Jahren war der Backsteinbau mit angebauter hölzerner Scheune die Heim- und Arbeitsstätte von Axel und Richard. Sie hatten sogar einen recht aufwendigen Glasofen mit mehreren Häfen in Betrieb, der sich in dem hölzernen Anbau befand. Wie sie Valentin in einer späten Stunde einmal im Vertrauen mitgeteilt hatten, schätzten sie die positive Atmosphäre des Ortes sehr. Sie wirke sich überaus förderlich auf ihr künstlerisches Schaffen aus.

Axel und Richard waren schon längst da, als Valentin eintraf, und saßen in der Stube an ihrem großen Tisch.

»Da kommt ja unser Stadtbewohner. Drei Kilometer ohne Navi sind eine echte Herausforderung, gell«, spottete Axel. »Wo warst du denn so lange? Du bist doch mindestens eine halbe Stunde vor uns abgezogen.«

»Wäre ich nur mit euch gegangen. Ich habe oben am alten Sportplatz geparkt und als ich über die Hauptstraße dort hinauf wollte, bin ich zu einem Unfall dazugekommen. Einer der großen Schneepflüge war daran beteiligt.«

»Hat einer der Touristen wieder einmal wissen wollen, wer der Stärkere ist?«, fragte Axel süffisant nach.

»Das dachte ich zuerst auch. Es ist aber viel schlimmer. Eine Frau von der Aufbautruppe wurde vor den Schneepflug gestoßen. Sie war sofort tot.«

Axel und Richard sahen Valentin entsetzt an. Axel fasste sich als Erster wieder. »Weißt du, wer es war?«

»Ich habe gehört, wie der Notarzt etwas von einer Eschenrieder erwähnte. Sagt euch das was?«

»Mensch, das muss die Petra sein«, entfuhr es Axel. »Bist du dir bei dem Namen wirklich sicher?«

Valentin nickte stumm.

»Die habe ich vorhin sogar beim Aufbau gesehen. Sie hat aus lauter Einzelteilen einen kapitalen Waldriesen zusammengebaut. Das fand ich irgendwie drollig, so wie sie nacheinander die großen Teile angeschleppt hat.«

»Sie ist mitsamt dem Kopf der Figur vor den Pflug gefallen. Ich habe dem Sanitäter geholfen, die Trümmer beiseitezuschaffen. Dann hat uns der Arzt beim Aufräumen gestoppt. Der Schneepflugfahrer behauptet, sie ist auf die Fahrbahn direkt vor seinen Pflug gestoßen worden.«

»Du meinst, man hat sie umgebracht?«, fragte Richard ungläubig.

»Sieht tatsächlich so aus.«

»Die Petra hat doch keinem Menschen etwas getan. Sie war eine ganz Nette.«

»Kanntet ihr sie näher?«

»So wie man sich halt in der hiesigen Glaskunstszene kennt. Man trifft sich mindestens einmal im Monat bei irgendeiner Vernissage und plaudert miteinander. Sie hat zauberhafte kleine Objekte aus Glas geschaffen. Ganz filigrane Sachen und sehr überlegt.«

»Vielleicht war es ja doch ein Unfall«, versuchte Valentin zu argumentieren.

»Wenn du dazugekommen bist, glaube ich das eher nicht«, erwiderte Axel. »Der Tote im Wolfsgehege war ja schlussendlich auch Mord.« Axel spielte darauf an, dass Valentin im letzten Herbst einen Toten im Wolfsgehege des Nationalparks gefunden hatte.

»Das eine hat aber mit dem anderen rein gar nichts zu tun«, entgegnete Valentin heftig.

»Das wissen wir schon, war doch bloß eine blöde Bemerkung von Axel«, versuchte Richard die Situation zu entspannen. »Trotz allem hole ich eine Flasche Rotwein aus dem Keller und Axel sucht mit dir inzwischen die Webseite von der Petra. Sie hat in den letzten Jahren einen sehenswerten eigenen Stil entwickelt, sehr weiblich und hochgradig naturverbunden.« Richard stand ernst blickend auf und ging in Richtung Keller. Der große Tisch in der Stube war wie eh und je mit Malutensilien, Papier und allerlei Werkzeug überhäuft. Axel blickte suchend auf die Sammlung nützlicher Gegenstände und fing dann an, darin herumzukramen. Schließlich zog er unter einer größeren Ansammlung von Farbstiften einen Tablet-Computer der neuesten Generation hervor.

»Tolles Teil«, kommentierte Valentin.

»Soll ich dir auch einen besorgen? Wir haben da eine unglaublich günstige Quelle aufgetan. Beim Schorsch aus Glasberg bekommst du alles, was man heute als Nerd so benötigt.«

»Nein, danke«, lehnte Valentin schnell ab. »Bei mir zu Hause liegt schon genügend von dem iZeugs herum, ich will nicht noch mehr davon.« Zudem wollte er lieber gar nicht wissen, woher diese sogenannte Quelle ihren Nachschub bezog.

Mit wenigen schnellen Fingerbewegungen auf dem Tablet fand Axel die Webseite von Petra Eschenrieder. Er reichte Valentin das Gerät und zeigte auf die dort präsentierten Glasgebilde. »Schau, das hat sie gemacht. Beeindruckend, oder?«

»Sie hat außerdem einen Lehrauftrag an der Glasfachschule Zwiesel«, ergänzte Richard und stellte drei große Weingläser auf den Tisch. Eine Magnumflasche Rotwein folgte.

Valentin besah sich die kunstvollen Gebilde. Diese waren unglaublich filigran und bis ins letzte Detail in Glas und Farbe ausgearbeitet. Es waren Miniaturen von Pflanzen des Bayerischen Waldes. Den Bildunterschriften entnahm er, dass sich Petra in ihren Arbeiten vor allem auf hiesige Heilkräuter konzentriert hatte.

Ihre Kunst unterschied sich völlig von den Arbeiten der beiden Glasschmiede. Diese schufen große und schwere Glasobjekte, die an Abstraktheit nicht zu überbieten waren. Axel und Richard waren sich einig, das passe besser zu Männern, die in einer ehemaligen Schmiede lebten und dort auch arbeiteten.

»Wir haben erst kürzlich fränkischen Rotwein entdeckt und den da finden wir besonders fein. Die Traube nennt sich Domina. Leider hat die Flasche keinen Korken, sondern einen Schraubverschluss, aber das tut dem Geschmack keinen Abbruch.«

Richard schenkte vorsichtig Wein in sein Glas und begutachtete ihn. Dann probierte er, nickte bedächtig und füllte die beiden anderen Gläser. Er blickte in die Runde. »Auf Petra. Als ich sie vorhin beim Aufbau mit den großen Figurteilen schuften sah, ging mir durch den Kopf, dass ich sie bei Gelegenheit mal anrufen und fragen wollte, ob wir nicht im Frühjahr ein gemeinsames Projekt starten. Mit Petras Hilfe hätten wir ausprobieren können, ihre Objekte ins ganz Große zu transformieren. Also nicht nur kleine Pflänzchen aus Glas nachbilden, sondern auch die mächtigen Baumstämme des Waldes. Das wäre ein interessanter diametraler Ansatz, beide Stilrichtungen zu verbinden. Doch nun ist es zu spät dazu.« Richard blickte bekümmert zu Boden. Valentin wusste nicht so recht, was er sagen sollte. Sie war für ihn zwar eine Fremde gewesen, doch die Erinnerung an das hübsche Gesicht und den toten

Körper unter der schneebedeckten Decke bekam er nicht aus dem Kopf.

Die drei saßen niedergeschlagen am Tisch und jeder sinnierte still vor sich hin. So hatten sie sich das Wiedersehen nicht vorgestellt. Es sollte ein lustiges und ereignisreiches Wochenende werden und nicht ein Mord nach den ersten Stunden von Valentins Besuch. Axel überwand die traurige Stimmung. »Soweit ich weiß«, begann er, »hatte Petra eine für Künstler exzellente Charaktereigenschaft. Sie war völlig anspruchslos hinsichtlich materieller Dinge. Genau das verschaffte ihr die komfortable Situation, sich mit Leib und Seele ihren kreativen Ambitionen zu widmen.« Nach einer kurzen Pause fuhr er fort. »Und jetzt seid mal nicht so niedergeschlagen. Immerhin ist Val dieses Wochenende bei uns und wir wollen nicht nur von unerfreulichen Dingen reden. Sag mal, Richard, sind eigentlich noch ein paar von den kubanischen Zigarren da?«

»Ich denke schon«, antwortete er und sagte an Valentin gewandt: »Willst du auch eine? Sind ein echter Traum die Teile. Handgemacht von wunderbaren Frauen und dann per Direktimport auf kürzestem Weg zu uns per Flieger. Wir haben da nämlich ebenfalls eine gute Quelle aufgetan.«

»Vielen Dank, aber das mit dem Rauchen fang ich gar nicht erst an.«

»Das dachten wir ursprünglich auch, aber seit es überall verboten ist, hat es für die Avantgarde natürlich stark an Reiz gewonnen«, zwinkerte Axel ihm zu. »Solltest sie wirklich mal probieren.«

»Lass mal, mir reicht der Geruch des Zigarrenrauchs. Den finde ich im Übrigen ganz angenehm.«

»Unser Freund der Asket«, spottete Axel. »Zumindest trinkst du noch Wein und schnüffelst nicht nur am Glas. Dann erzähl uns doch mal, was sich in den letzten Wochen bei dir alles ereignet hat.«

KAPITEL 3

In knapp einer Stunde würde die Sonne aufgehen, überlegte Sara Lillem. Bis dahin hätte sie den Gipfel erreicht und anschließend würde sie mit dem ersten Tageslicht durchs frische Pulver hinunter ins Tal fahren. Sie war mit Tourenskiern, denen sie Steigfelle untergeschnallt hatte, in Richtung Arbergipfel unterwegs. Der starke Schneefall der letzten Tage hatte aufgehört. Seit Mitternacht war es sternenklar, und funkelnd zog sich das lange Band der Milchstraße über den tiefschwarzen Neumondhimmel.

Auf ihre Ausrüstung legte sie sehr großen Wert. Sie hatte sich professionell vorbereitet und aufgrund ihrer langjährigen Erfahrung mit Skitouren kam sie zügig voran. Etwa auf der Hälfte der Strecke hielt sie an und ließ langsam den Blick ins Tal schweifen. Die Sterne lieferten genügend Licht, um die herrliche Winterlandschaft zu bestaunen. Der Schnee, der die Wälder und Hügel mit einer dicken weißen Schicht überzogen hatte, reflektierte das Sternenlicht in einer atemberaubenden Schönheit. Am liebsten hätte sie den Ausblick auf die Hügel des Bayerischen Waldes stundenlang genossen, doch sie musste weiter, sonst würde sie zu stark auskühlen.

Manche Nachrichtensender sprachen aufgrund der heftigen Schneefälle bereits von einer Katastrophe, einer neuen Eiszeit, doch das entsprach bei Weitem nicht dem

Standpunkt der Einheimischen. Sicher, es hatte in den letzten Tagen viel geschneit und manche Ortschaften waren immer wieder für Stunden nicht erreichbar, aber für die schneegewohnten Waldler war dieses Szenario sehr weit von einer Notlage entfernt.

Sara stieg mit ihren breiten Tourenski weiter den Berg hinan, als plötzlich von talwärts lauter Motorenlärm zu ihr dröhnte. Oje, dachte sie, jetzt kam der schon wieder. Wäre auch zu schön, wenn der Jäger wenigstens in der Nacht Ruhe gäbe. Die Erfahrung der letzten Tage hatte freilich gezeigt, dass er zu jeder Tages- und Nachtzeit aktiv war und unerwartet an den unterschiedlichsten Orten auftauchte.

Der Lärm wurde lauter und zerstörte die friedvolle Stimmung der Nacht. Sara hielt an und wandte sich genervt um. Vom Tal raste ein Motorschlitten mit voller Geschwindigkeit und hell aufgeblendeten Scheinwerfern schnurgerade die Piste hoch. Er steuerte direkt auf sie zu und stoppte neben ihr mit einem Ruck.

Ohne den Motor abzustellen, sprach sie der Jäger mit lauter Stimme an: »Sehr gut, Frau Lillem, das lob ich mir. Dies ist die Einstellung, die wir brauchen. Wir dürfen keine Opfer scheuen, um die Sicherheit unserer Bürger zu gewährleisten.«

»Wenn Sie mit Ihrem Motordingens nicht so einen Heidenlärm machen würden, dann könnte ich noch wesentlich mehr für die Sicherheit tun«, antwortete Sara trocken.

Für einen Moment musste ihr Gegenüber die Spitze verdauen. Doch der Mann fasste sich schnell wieder. »Wir müssen den Terroristen zeigen, dass wir nicht nur auf Skiern unterwegs sind, sondern dass uns auch technisch sehr hochwertiges Gerät zur Verfügung steht. Das mache ich hiermit und Sie nehmen beim nächsten Mal außerdem die Wärmebildkamera mit.«

»Jawohl«, entgegnete Sara betont zackig und grinste innerlich.

Er nannte sich Manfred Fuchs, doch hier bei der lokalen Polizei nannten sie ihn nur den Terrorjäger. Kurz nachdem die Anschläge am Arber begonnen hatten, war er aufgetaucht, hatte mit dem Ausweis einer Bundesbehörde herumgewedelt und Personal für seine Abwehrmaßnahmen akquiriert. An ihrem Chef Max Schmidt war zwar die Hektik des Hannoveraners gänzlich abgeprallt, doch Fuchs' vehementer Forderung nach zumindest einer Vollzeit-Person mit Ortskenntnissen konnte er sich schlussendlich nicht entziehen.

Um zumindest ein klein wenig als kooperativ dazustehen, fiel seine Wahl schließlich auf Sara Lillem. Diese war eigentlich Biathletin bei der Bundespolizei, diese Saison hatte sie sich allerdings eine Auszeit vom Profisport genommen, und absolvierte gerade ein Praktikum bei der Zwieseler Polizei. Für Schmidt ergab sich dazu der Vorteil, dass er mit Sara jemanden abkommandieren konnte, der sportlich bei allen Nacht- und Nebelaktionen des Terrorjägers problemlos mithalten konnte.

»Wir sehen uns wieder zum Debriefing am Ende der Schicht. Bleiben Sie aufmerksam und denken Sie daran ›Si vis pacem, para bellum!‹« Er grüßte militärisch und raste auf seinem Schneemobil weiter in Richtung Gipfel. Schon bald war der Motor nur noch schwach zu hören und die beschauliche Ruhe kehrte langsam wieder zurück. Sara atmete durch und machte sich weiter auf den Weg den Berg hinauf.

Schnell fand sie wieder in ihren Rhythmus. Wenn alles wie geplant verlief, konnte sie kurz nach Sonnenaufgang als Erste ihre Spur in den frischen Pulverschnee ziehen. Darauf hatte sie sich den ganzen Tag gefreut. Selbst der hektische Terrorjäger konnte ihr dies nicht vermiesen. Anschließend plante sie bei einem starken Kaffee eine kurze Frühstückspause in der Talstation und dann mit den Tourenskiern weitere Kontrollrunden rund um den Arber. Um halb zwölf hatte sie mit Valentin ein Treffen in Zwiesel vereinbart. Sie war schon gespannt, wie es ihm seit ihren gemeinsamen Erlebnissen im letzten Herbst ergangen war.

KAPITEL 4

Theoretisch hätte er richtig gut schlafen müssen. Bis viertel vor eins saßen sie in der großen Stube zusammen, tranken drei Flaschen Domina und sprachen über Gott und die Welt. Nun lag er in dem kleinen Dachbodenzimmer der Glasschmiede auf einer durchgelegenen Matratze und starrte an die Holzdecke.

Die tote Frau hatte ihn mehr aufgewühlt, als Valentin ursprünglich gedacht hatte. So wie sie bei dem Schneegestöber und den flackernden Warnlichtern auf der Bahre gelegen hatte – das war regelrecht unheimlich gewesen. Diesen Anblick würde er so bald nicht mehr vergessen können.

Erst die letzten Stunden der Nacht brachten den erholsamen Schlaf, doch war ihm dieser nur kurze Zeit vergönnt. Früh am Morgen weckten Valentin laute Gongschläge und nach wenigen Augenblicken wankte er schlaftrunken von seiner Dachkammer hinunter in die Stube. Richard hatte den großen tibetischen Messinggong wieder an die Wand gehängt und war nun dabei, in einer gusseisernen Pfanne Pfannkuchen auszubacken. Er hantierte anscheinend schon seit einiger Zeit in der Küchenecke, da die Stube von dem großen Holzofen bereits aufgeheizt war.

»Guten Morgen«, begrüßte er Valentin fröhlich. »Hast du gut geschlafen?«

»Leider ziemlich schlecht. Die Tote von gestern hat mich verdammt mitgenommen. Ich musste die ganze Nacht an sie denken, wie sie da an der Straße im Schnee lag.«

»Schlimme Sache. Mir ging es ähnlich, obwohl ich nicht einmal dabei war. Schalt doch mal das Radio an. Vielleicht bringen sie einen Bericht darüber. Drück die Taste mit der eins, das ist das Waldradio. Die Sendung macht übrigens unser Jo, der ist seit den Ereignissen im letzten Herbst ansehnlich aufgestiegen.«

»Tatsächlich. Der Schreiberling, Jo Saxinger, ist jetzt im Radio?«

»Er ist nach wie vor hauptberuflich bei der Zeitung, die Radiosendung ist nur ein Zweitjob. Momentan ist er voll auf dem Investigationstrip. Er will alle Geheimnisse und Verschwörungen im Bayerischen Wald aufdecken.«

»Da hat er ja einiges zu tun«, antwortete Valentin trocken und setzte sich ans Eck des Tisches. Richard brachte ihm einen Pfannkuchen, den Valentin üppig mit Ahornsirup begoss. Axel war augenscheinlich noch im Bett, doch Valentin wollte nicht auf ihn warten. Er musste pünktlich am Arber sein. Dort hatte Jo eine Mitfahrgelegenheit auf den Gipfel organisiert, die es Valentin ermöglichte, als Erster die Piste hinunterzuwedeln. Darauf freute er sich schon seit Tagen, und nach den heftigen Schneefällen der letzten Zeit herrschte heute tatsächlich das perfekte Winterwetter. Frischer Pulverschnee und strahlend blauer Himmel.

»Guten Morgen, Leute«, dröhnte die Stimme von Jo aus dem Lautsprecher, »es ist jetzt halb sechs Morgens und hier ist wie jeden Freitag der Woodpecker – die Sendung, die dort nachfragt, wo sich die anderen einlullen lassen.«

Richard grinste zu Valentin, der erstaunt in Richtung Radio blinzelte und müde versuchte, der schnellen Moderatorenstimme von Jo zu folgen.

»Heute haben wir wieder einen Gast bei uns im Studio. Max Schmidt, der Zwieseler Polizeichef, wird uns bereits zu dieser frühen Stunde Aktuelles zu den neuen Sicherheitsmaßnahmen am Arber berichten. Doch vorher werde ich euch einen Ausblick auf dieses fantastische Wochenende geben. Es ist eines der Interessantesten, nun, ich würde glatt sagen, das beste Wochenende des ganzen Winters. Der internationale Skizirkus gastiert hier bei uns im Bayerischen Wald, und wir werden mit Sicherheit bei dem allerbesten Damenslalomrennen der ganzen Saison live dabei sein. Doch damit ist es nicht genug, am Samstagabend findet in Frauenau das berühmteste Maskenfest des Bayerischen Waldes statt, die Waldrauhnacht. Leute, das wird ein super Wochenende, doch bevor Max Schmidt uns die allerneuesten Neuigkeiten berichtet, gibt es noch einen der allerbesten Hits dieses Jahrzehnts. Und noch etwas, diesmal rein privat von mir und all ihr anderen dort draußen haltet jetzt mal kurz eure flauschigen Lauscher zu. Val, alles ist organisiert, ich freu mich auf unser Treffen. Und nun geht's los, Buam und Mädls.«

Richard lachte laut los und Valentin wurde tatsächlich ein bisschen rot im Gesicht, als er seinen Namen hörte.

»Dieser Kasperl, der wird ja immer schlimmer«, kommentierte er die Ansage.

»Er hat sich seit unserer gemeinsamen Schulzeit im Zwiesler Gymnasium nicht wesentlich verändert. Das mit dem Radio ist allerdings genau sein Element. Er muss halt aufpassen, dass er nicht zu vielen Leuten auf die Zehen tritt. Immerhin hat er mit seiner Woodpecker-Sendung tatsächlich ein paar Dinge angepackt, die man sonst recht elegant unter den Teppich gekehrt hätte. Was hat er denn für dich organisiert?«

»Ich muss pünktlich um sieben an der Talstation sein. Dann nimmt mich eine Pistenraupe mit zum Gipfel. »First line, du weißt schon, die erste Spur im Pulverschnee.«

»Cool, da würde ich gerne dabei sein.«

»Komm halt mit, in das Pistenfahrzeug passt sicher noch einer zusätzlich rein.«

»Würde ich liebend gerne, doch heute Vormittag muss ich die Figuren-Beleuchtung in der Rauhnacht zum Laufen bekommen, sonst frisst mich unser Cheforganisator Max Wenig. Der hat sich gestern schon aufgeregt wie ein warmes Weißbier, weil wir nicht längst fertig sind.«

»Was hat er denn? Ist doch noch genügend Zeit bis Samstagabend.«

»Der Mann ist total im Stress. Organisationschef bei der Rauhnacht und beim Skirennen hat er auch noch einen Job. Kümmert sich dort um den Aufbau der Tribünen. Aufgrund der Witterung der letzten Tage sind die regelrecht im Schnee abgesoffen. Da steht in letzter Minute ein gewaltiger Haufen Arbeit an.«

»Das kann ich mir gut vorstellen. Was habt ihr beide heute sonst noch vor?«

»Am späten Nachmittag müssen wir zur Eintragung der Skiläuferinnen ins Goldene Buch nach Zwiesel. Die planen dort ein großes Fest auf dem Stadtplatz mit Musik, Essen und irgendwelchen Vorführungen.«

»Was macht ihr bei so einer Veranstaltung?«, fragte Valentin nach. »Das ist doch gar nicht euer Metier.«

»Das hatte ich vergessen zu erzählen. Die diesjährigen Siegerpokale haben wir gestaltet. Tolle kräftige Farben und eine große Masse Glas in organischer Form. Bin mal neugierig, ob die Siegerinnen die Brocken überhaupt hochheben können. Im Zuge des Festes findet die offizielle Übergabe des Pokals an den Bürgermeister statt.«

»Die Pokale sind von euch? Nicht mehr von dem großen Glashersteller auf der anderen Seite des Arbers, der sie seit Jahren anfertigt?«

»Es war schwierig, den Zuschlag dafür zu bekommen, aber unser Entwurf war einfach besser. Das haben die im Organisationskomitee nach einigem Zureden auch erkannt. Mit etwas Glück eröffnet sich für uns ein völlig neues Betätigungsfeld.«

»Ihr könnt euch ja an den wunderschönen Urnen orientieren die ihr mal fabriziert habt«, scherzte Valentin in Anspielung auf die Tierurnen, die die Glasschmiede während einer Auftragsflaute im letzten Jahr hergestellt hatten.

»Blödmann«, entgegnete Richard lachend, »gleich bekommst du den Pfannkuchen auf den Kopf und nicht auf den Teller. Willst du noch einen?«

Valentin nickte und schob sich den letzten Bissen in den Mund. Das Musikstück im Radio war vorbei, und Jos stakkatohafte Ansage ertönte erneut.

»Da sind wir wieder, mit Woodpecker, der Sendung, die nachfragt. Heute haben wir Max Schmidt hier im Regener Studio, der uns exklusiv über die Aktionen der Polizei berichtet, um das Skirennen für Fahrer und Zuschauer noch sicherer zu machen.«

Während Jo seine Begrüßung abspulte, überlegte Valentin, warum man denn im Wald plötzlich über Sicherheit sprach. Vielleicht war es nur eine typische Aktion von Jo, der aus einer Mücke einen Elefanten machte, um die Einschaltquote in die Höhe zu treiben.

Gleich darauf ertönte die ruhige Stimme von Max Schmidt. »Wir gehen von einem Einzeltäter aus. Bisher handelte es sich ausschließlich um Sachbeschädigung. Es gibt keinerlei Hinweise, dass Personen zu Schaden gekommen sind oder dass dies beabsichtigt gewesen wäre.«

»Was unternimmt denn die Polizei, um den Täter zu fassen?«

»Wir haben entsprechende Streifendienste eingeführt und sind in Kontakt mit Spezialisten für diese Art von

Verbrechen. Bitte haben Sie Verständnis, dass ich zu den laufenden Aktionen nichts sagen kann. Ich will die aktuellen Ermittlungen nicht gefährden.«

»Dann frage ich Sie direkt: Sind die Anschläge die ersten Zeichen eines beginnenden Ökoterrorismus?«

»Das halte ich für total übertrieben. Wie gesagt, es handelt sich vermutlich um einen Einzeltäter, der durch diese Aktionen auf sich aufmerksam machen möchte. So etwas ist kein Terrorismus, und wir sollten im Übrigen sehr darauf achten, welche Worte wir verwenden. Wir wollen die Sache nicht größer machen, als sie in Wirklichkeit ist.«

»Liebe Leute, jetzt müssen wir eine kurze Werbepause machen, um etwas Geld zu verdienen, damit wir dann Max Schmidt fragen können, warum wir nicht die Bundeswehr aus der Regener Kaserne zu Hilfe holen können.«

Valentin blickte Richard fragend an. »Terrorismus im Bayerischen Wald? Was ist denn am Arber los?«

»Mach dir da bloß keine Gedanken. Das ist eine völlig übertriebene Darstellung, so wie das heute bei den Medienleuten üblich ist. Totaler Schwachsinn!«

»Und was ist genau vorgefallen?«

Richard lachte laut auf und brachte Valentin einen besonders dicken Pfannkuchen. »Das war eigentlich eine recht lustige Sache. Bis vor Kurzem hatten wir ja nahezu keinen Schnee. Alle bekamen Angst, dass das Skirennen abgesagt werden muss. Die letzten beiden Jahre war dies nämlich der Fall. Bei einer nochmaligen Absage hätte es das Ende des Arber-Rennens für die kommenden Jahre bedeutet. Deshalb hat man dort massiv aufgerüstet und den Berg mit Schneekanonen förmlich übersät. Nun muss es nur noch kalt sein. Den Schnee macht man bei Bedarf selbst.«

»Das ist nichts Besonderes, das gibt es überall.«

»Genau. Und wie fast überall gibt es Leute, die aus vielerlei Gründen etwas dagegen haben. Nur dass man hier im Wald nicht nur redet, sondern dass manche auch etwas tun.«

»Hat man die Schneekanonen sabotiert?«

»So einfallslos ist man hier nicht. Das müsstest du doch wissen. Diese Gegend ist schließlich von kreativen Menschen bevölkert. Einer von ihnen hat einen Sack Uranin in den Teich geworfen, von dem aus die Schneekanonen mit Wasser versorgt werden.«

»Was ist das für ein Zeug? Das hört sich irgendwie radioaktiv an.«

»Der Name täuscht. Uranin ist ein an und für sich völlig ungefährliches Wasserfärbemittel. Es wird typischerweise zur Lecksuche bei Wasserleitungen benutzt. Die Beschneiungsanlage lief damals vollautomatisch über Nacht und am nächsten Tag waren die ganzen Pisten pieselgelb gefärbt.«

Valentin lachte laut auf und Richard stimmte ein.

»Eigentlich eine ganz lustige Idee. Aber wie schon gesagt, heutzutage wird alles hochgespielt. Der Schmidt

Max behält die Nerven, aber unsere Fremdenverkehrsdirektoren haben bereits in den Panikmodus geschaltet. Allerdings liegt denen auch nichts daran, dass die Sache größere Kreise zieht. Deshalb hat der Jo die Story in seiner Woodpecker-Sendung gebracht, was ihm ganz sicher einigen Ärger einbringt.«

»So schlimm ist das doch nicht. In der nächsten Nacht hat man gewiss neuen Schnee mit ungefärbtem Wasser gemacht und der gelbe Spuk ist verschwunden.«

»Nun ja, das haben sich die Leute vom Skigebiet ebenfalls gedacht und die Anlage in der folgenden Nacht voll aufgedreht. Allerdings haben sie die Rechnung ohne den Wirt gemacht. Der Aktivist hat nachts einige Ventile sabotiert. Das führte dazu, dass die Leitungen vereisten und schließlich durch die Kälte platzen. Damit war es vorbei mit dem neuen weißen Schnee«

»Da hat wohl wirklich jemand was gegen das Rennen«, grinste Valentin. »Wie lange hat es denn gedauert, bis die Pisten wieder weiß waren?«

»Erst der Neuschnee der vergangenen Tage hat die Rettung gebracht. Sonst hätten wir im Fernsehen ein Skirennen auf gelbem Schnee gesehen. Das wäre wahrlich keine gute Werbung für die Gegend gewesen.«

KAPITEL 5

Als er Jo vor einigen Tagen angerufen und von seinem langen Wochenende bei den Glasschmieden im Wald erzählt hatte, hatte ihn dieser spontan zum wichtigsten Skirennen der Saison am Arber eingeladen. Sein ehemaliger Schulkamerad hatte dabei auch angedeutet, dass Valentin eine Sonderbehandlung genießen würde.

Bereits in der Glasschmiede hatte Valentin die komplette Skiausrüstung inklusive Skistiefel angezogen und war im Unimog mit Tempo 50 in Richtung Arber gefahren. Die Polizei sah diese Art Fußbekleidung zwar nicht gerne, aber es sparte ihm Zeit, und bei dem Wetter rechnete er ohnehin nicht mit einer Verkehrskontrolle.

Als Valentin mit dem Unimog auf dem Parkplatz der Talstation eintraf, wartete dort bereits mit laufendem Motor eine der großen Pistenraupen. Er warf Skier und Stöcke hinten auf die Ladefläche des Pistenfahrzeugs und dann ging es los in Richtung Gipfel. Der Fahrer gehörte zu der schweigsamen Sorte, sodass Valentin ungestört die wunderbare Winterlandschaft bestaunen und den wilden Ritt mit der Maschine den Berg hinauf genießen konnte. Er würde die Abfahrt ganz allein vor sich haben, da die Lifte für die gewöhnlichen Skifahrer erst über eine Stunde später angeschaltet wurden. Ohne Jos gute Beziehungen zum Liftpersonal wäre dieses Erlebnis definitiv nicht möglich gewesen. Kein normaler Mensch würde mitten in der Nacht mit Tourenski den Arber erklimmen, nur um anschließend den Sonnenaufgang zu bewundern und als Erster die Piste hinunterzuwedeln.

Nun stand er frierend neben den beiden mächtigen Radarkuppeln nahe dem Arbergipfel. Sie hatten es gerade noch geschafft, pünktlich zum Sonnenaufgang um 7.28 Uhr auf dem Gipfel zu sein. Heute war ein wahrer Traumtag. Frischer Pulverschnee in unglaublichen Mengen, strahlend blauer Himmel und ganz allein auf dem höchsten Gipfel des Bayerischen Waldes. Dafür hatte sich das Aufstehen um 5 Uhr früh definitiv gelohnt.

Valentin blickte die steile Piste hinab, summte leise den Klassiker *Schifoan* von Wolfgang Ambros vor sich hin und war glücklich. Gut, dass er die Reise nicht abgesagt hatte. Doch nun musste er sich beeilen, um die Zeit vor den Massen zu nutzen. Ein paarmal konnte er sicher noch mit seinem exklusiven Bergtaxi hochfahren, doch dann würden die Lifte den Betrieb aufnehmen. Der Pistenraupenfahrer hatte ihm überdies eine Wochenendkarte für alle Lifte in die Hand gedrückt, aber es war natürlich wesentlich attraktiver, hochgefahren zu werden. Auf geht's, sagte er zu sich, schob mit den Skistöcken an und wedelte, immer schneller werdend, den frisch gepulverten Hang hinab.

*

Eigentlich wollten sie sich in der Schirmbar um zehn treffen. Doch die Schneemassen der letzten Tage hatten diese im wahrsten Sinne des Wortes plattgemacht. Valentin bekam eine halbe Stunde vor ihrer Verabredung eine SMS von Jo, der ihn zur Eisensteiner Hütte umdirigierte. Ganz im Gegensatz zum Namen war es ein größeres Gebäude, das sich eng an den Hang schmiegte. Der Platz war wegen der schönen Aussicht in Richtung des Ortes Eisenstein und in den Lamer Winkel bekannt. Dies bestätigte sich bei dem Traumwetter.

Kaum stand er auf der Terrasse der Wirtschaft konnte Valentin nur noch interessiert in Richtung Tal spähen. Der Blick war sensationell. Interessiert versuchte er die größeren Dörfer und die umliegenden Berge zu identifizieren. Doch ohne Karte gelang ihm dies nicht einmal ansatzweise. Er würde Jo fragen, der konnte ihm sicher die wichtigsten Orte nennen. Doch kaum hatte er an ihn gedacht, hörte er hinter sich auch schon seine laute Stimme.

»Hey, Val, hier spielt die Musik und nicht da unten.« Jo hatte ihn entdeckt und winkte mit beiden Armen. Er war nicht allein gekommen, sondern in Begleitung zweier recht auffälliger Frauen.

Sie trugen enge weiße Rennhosen und bunte Skijacken, die hinten mit der Aufschrift *Sport Meier Zwiesel* versehen waren. Ansonsten sahen sie eher wie Models und nicht wie Skifahrerinnen aus. Jo saß in einem schwarzen Skioverall zwischen den beiden auf einem wärmenden Schaffell und fühlte sich sichtlich pudelwohl. Er war immer noch der eloquente Sonnyboy, wie ihn Valentin aus der gemeinsamen Schulzeit in Erinnerung hatte. Allerdings waren die Haare deutlich dünner geworden. Er trug sie kurz geschnitten, war braun gebrannt und seine blauen Augen waren stets auf der Suche nach interessanten Dingen in seiner Umgebung. Der Dreitagebart sollte wohl den wilden Mann ausdrücken und das Bäuchlein offenbarte einen Menschen, der Genüsse zu schätzen wusste.

»Na, wie war die Abfahrt heute früh? Hab ich zu viel versprochen?«, fragte Jo neugierig.

»Grandios«, schwärmte Valentin, »besonders die erste Stunde, als ich ganz allein gefahren bin, war sagenhaft. Nochmals vielen Dank dafür und auch für den Skipass. Bist du heute eigentlich schon auf den Brettern gestanden?«

»Das bekomme ich momentan zeitlich nicht mehr hin. Ich kam mehr oder minder direkt vom Aufnahmestudio hier hoch. Rein zufällig traf ich dann meine beiden Bekannten.« Er grinste die Frauen an, und diese lächelten verschwörerisch zurück, jedoch ohne ein Wort zu sagen. Valentin setzte sich den dreien gegenüber auf die fellbedeckte Bank und bestellte sich einen Früchtetee. Jo sah ihn kurz missbilligend an, kommentierte Valentins Wahl jedoch nicht.

Währenddessen trafen am Nachbartisch einige Sportreporter ein, deren Gesichter Valentin irgendwie bekannt vorkamen. Jo grüßte freundlich hinüber, doch sie nickten ihm nur überheblich dreinblickend zu.

»Diese arroganten Lackaffen«, murmelte Jo und sah zu Valentin. »Die führen sich hier auf wie Graf Koks persönlich. Ich könnte dir da Geschichten erzählen, du würdest nur noch kotzen.«

Valentin zuckte mit den Achseln und winkte ab. »Brauchst mir nichts zu berichten, ich kenn diese Figuren von der Arbeit meiner Frau. Lauter Gschaftlhuber in Reinform. Vor der Kamera machen sie auf jovialer Kumpel und im realen Leben sind sie die letzten arroganten Schnösel.«

»Mir tun da immer nur die Skimädels leid, die auch noch nett zu diesen Typen sein müssen.«

»Apropos Skimädels. Als heute früh die Lifte den Betrieb aufgenommen haben, habe ich einige der Rennläuferinnen beim Training gesehen. Mir ist klar geworden, warum ich selbst in jungen Jahren nie dieses Niveau erreicht habe. Die brettern mit vollem Risiko und ohne jegliche Rücksicht auf Verluste die Piste hinunter. Wie die Irren.«

»Klar doch, sonst wird's nämlich nix mit dem Pokal. Die Kunst dabei ist tatsächlich die Angst völlig zu unterdrücken und bloß nicht daran zu denken, welche Konsequenzen ein Sturz bei dem Tempo haben kann.«

»Aus dem Alter bin ich definitiv raus. Ich bin mittlerweile nur noch Genussfahrer. Die Technik ist zwar noch da, aber mir fehlt einfach die Kraft.«

»Bevor ich es vergesse, ich habe noch etwas für dich«, sagte Jo. »Schau, damit kommst du beim Skirennen überall hin, auch zum Buffet und auf die Ehrentribüne. Das Beste daran ist aber der Fahrservice, du rufst einfach die Nummer hinten auf der Karte an und flugs kommt einer dieser großen Geländewagen vom Sponsor und bringt dich an jeden gewünschten Ort. Ist ein wenig dekadent, aber echt praktisch.« Er übergab ihm eine in Plastik eingeschweißte hellblaue Karte, auf der neben diversen Hinweisen auf die Skiveranstaltung und Valentins Namen tatsächlich auch *VIP* aufgedruckt war.

»Wie hast du denn das hinbekommen?«

»Als lokaler Vertreter der Presse hat man da gewisse Möglichkeiten.«

Valentin überlegte kurz, wie dies denn zu Jos bisherigem Sozialgesäusel passte, doch er verwarf diesen Gedankengang bald wieder. »Du bist ja zwischenzeitlich sogar multimedial unterwegs. Heute früh habe ich dich schon im Radio gehört.«

»Seit der Enthüllungsstory, die ich dir und deinen Unterlagen zu verdanken habe, geht es steil bergauf. Die Woodpecker-Sendung kommt sehr gut bei den Hörern an und ist zum Selbstläufer geworden. Ich bekomme so viele Tipps zu Mauscheleien, die kann ich gar nicht alle abarbeiten. Einige schräge Dinge konnte ich schon aufdecken. Ich muss freilich aufpassen, dass ich nicht zu vielen Leuten auf die Füße trete, sonst dreht man mir irgendwann einen Strick daraus.«

»Das wolltest du doch schon immer: Robin Hood from the Bavarian Forest«, lästerte Valentin in Anspielung auf Jos wilde Zeit bei der Schülerzeitung im Zwiesler Gymnasium. »Finde ich gut, wenn du das machst. Was hat es eigentlich mit diesen Anschlägen auf sich? Steckt da wirklich etwas dahinter oder wird das von dir und deinen Kollegen nur gehyped?«

»Du meinst den Osserriesen. Irgend so ein Dödel hat etwas gegen den Skitourismus und zettelt dauernd Störaktionen an. Kürzlich hat er mit Farbspray in riesengroßen Buchstaben *Schneekanonen zu Pflugscharen* auf den Zielhang geschrieben. Gut, dass all die Fernsehleute recht spät aus den Betten kriechen, sonst hätte dies erst richtig Schlagzeilen gemacht.«

»Ein Kommunist?«

»Mir egal, was er für politische Absichten hat, auf jeden Fall wandelt er auf verdammt dünnem Eis. Wenn sie ihn erwischen, hängen sie ihm garantiert etwas mit Terrorismus an. Falls die Aktionen zu bekannt werden, dann wird sich auch ein großer Teil der Bevölkerung gegen ihn wenden. Tourismus geht hier über alles. Am Schluss steht er ganz allein am Pranger – oder besser gesagt, er hängt ganz allein am Baum.«

»Was ich bisher mitbekommen habe, so waren das alles keine richtigen Anschläge, sondern eher Spaßaktionen. Da muss man sich doch eigentlich nicht so aufregen.«

»Das ist es ja. Ein wenig Krawall ist gut fürs Geschäft, zu viel davon macht es kaputt. Das wissen auch die Verantwortlichen und halten sich bisher zurück. Falls es der Typ aber übertreibt, dann wird man gnadenlos Jagd auf ihn machen.«

»Na, hoffentlich bleibt es bei diesen Streichen. Ist ja auch nicht in Ordnung, für die Skipisten alles plattzumachen und das ganze Wasser durch die Schneekanonen zu jagen.«

»Erklär das mal den Leuten, die vom Wintertourismus leben«, entgegnete Jo düster. Einen Augenblick später fuhr er freilich munter fort. »Komm, lass uns nicht von Problemen reden. Magst einen Jagertee?«

»Nein danke«, sagte Valentin. »Du kannst ja mal deine Begleiterinnen fragen.«

»Och die, die trinken nur frisch gepressten Orangensaft«, antwortete Jo in einer Art, als ob sie gar nicht anwesend wären. »Gell, Mädels?« Er klopfte ihnen auf die Schultern. Die beiden lächelten milde, sprachen jedoch weiterhin kein Wort.

»Wenn ich mir den Himmel so ansehe, dann werde ich es allmählich packen. Das sieht mir verdammt nach neuen Schneefällen aus.« Valentin sah besorgt in Richtung Westen, wo sich langsam dunkle Wolken heranwälzten.

»Dieses Jahr haben deine Glaskumpels aus der Au den Zuschlag für den Siegerpokal bekommen. Du bist doch sicher auch heute bei der Eintragung ins Goldene Buch dabei, oder? Anschließend gibt es noch ein großes Fest auf dem Zwiesler Stadtplatz.«

»Axel und Richard nehmen mich mit. Dann sehen wir uns dort. Euch dreien noch viel Spaß beim Anschweigen.« Valentin konnte sich diese Spitze nicht verkneifen, doch Jo lachte nur laut auf und zwinkerte ihm zu.

»Nur kein Neid, Herr Hausmann, schließlich gehöre ich im Gegensatz zu dir zum hart malochenden Teil der Bevölkerung. Da muss man sich auch mal etwas gönnen. Und sei es nur darum, um sich an dem Neid der anderen zu ergötzen.«

Kaum war Valentin die ersten Meter die Piste hinuntergefahren, spürte er ein Ziehen in seinen Oberschenkeln. Es war schon spät und die Wolken kamen schnell näher. So beschloss er kurzerhand in Richtung Talstation zu schwingen. Mittlerweile war auf den Pisten richtig viel los, und er musste recht aufmerksam sein. Vor allem die Einheimischen fuhren in einem ähnlichen Tempo Ski, wie sie sonst mit dem Auto unterwegs waren – extrem schnell und mit einem Hang zum Risiko.

Am Parkplatz der Talstation angekommen verstaute er die Skier auf der Ladefläche des Unimogs. Als er die Fahrerkabine erklomm, hörte er eine bekannte Stimme laut brüllen: »Jetzt seid doch nicht so lahm, Leute. Soll ich denn das Gerüst allein rübertragen? Auf geht's, Jungs.«

Valentin spähte neugierig zu einigen Arbeitern hinüber, die schwere Stangen zum Zieleinlauf der Skipiste schleppten. Seitwärts stand ein großer Mann, der sie mit feldwebelhafter Stimme zur Eile antrieb. Offensichtlich mussten sie heute die Tribüne aufbauen und der nächste

Schneefall war bereits am Horizont sichtbar. Valentin kannte die Stimme. Sie gehörte zu jenem Mann, der in der Rauhnacht als Organisator die Fäden in der Hand gehabt hatte.

Manche Leute hatten unglaublich viel Freizeit oder überhaupt keine Hobbys, überlegte er. Eigentlich konnte ihm das egal sein, sollte doch jeder mit seinem Zeitvertreib glücklich werden. Für ihn wäre das zu strapaziös, neben der bezahlten Arbeit auch noch für mehrere Vereine tätig zu sein. Er schwang sich auf den Fahrersitz und begann, den Motor vorzuglühen. Es war noch genügend Zeit, und so konnte er in aller Ruhe mit dem Unimog nach Zwiesel tuckern, wo er mit Sara verabredet war.

Der Treffpunkt war ein kleines Café, das neu in Zwiesel eröffnet hatte. Es warb mit selbst geröstetem Lagenkaffee und Kuchen, der von einem echten Konditor gebacken wurde und nicht aus vorfabrizierten Bestandteilen aus der Backfabrik zusammengerührt worden war.

Drei große verchromte Siebträgermaschinen nahmen die hintere Wand des Gastraums in Beschlag. Davor befand sich eine gläserne Theke, in der eine Vielzahl von Kuchen und Torten zu begutachten waren. Den kleinen Gastraum bevölkerten runde Kaffeehaustischchen umringt von einfachen Windsor-Stühlen. Rechts vom Eingang an der Wand standen ein gemütlich aussehendes Ledersofa und mehrere Polsterstühle vor einem niedrigen Couchtisch.

Valentin hatte sich nach dem anstrengenden Skivormittag sofort auf das Sofa gelümmelt. Die freundliche Bedienung hatte nach kurzer Beratung einen Espresso, ein Glas stilles Wasser und ein großes Stück Buttercremetorte vor ihm auf dem Tisch platziert. Routinemäßig führte er mit dem Espresso die Inselprobe durch und freute sich, dass sich der grobe Rohrzucker beinahe fünf Sekunden auf der goldbraunen Crema hielt und erst dann langsam versank. Anschließend widmete er sich mit ähnlicher Inbrunst der Torte. Doch kaum hatte er angefangen, sie genüsslich zu verspeisen, schreckte ihn Sara aus seiner heilen Kaffee- und Torten-Welt auf.

»Servus«, begrüßte sie ihn mit deutlich niederbayerischer Aussprache. »Schmeckt der Kuchen?«

»Und wie! Schön, dich zu sehen«, antwortete er mit vollem Mund und stand auf. Er wollte ihr ganz formell die Hand reichen, als er sich eines Besseren besann und sie herzlich umarmte. Sie erwiderte die Umarmung und klopfte ihm freundschaftlich auf den Rücken.

»'tschuldigung, dass ich mit der Bestellung nicht auf dich gewartet habe. Ich wollte nicht an einem leeren Tisch sitzen. Die Kellnerin sieht mich mit meinen Skiklamotten ohnehin die ganze Zeit recht skeptisch an.«

»Schon in Ordnung, ich bin ja auch etwas spät dran.« Sara Lillem sah immer noch so aus, wie Valentin sie im vergangenen Herbst kennengelernt hatte. Hoch gewachsen, schlank, blonder Pferdeschwanz und mit den federnden Bewegungsabläufen eines Profisportlers.

Sie hängte ihre Skijacke über die Stuhllehne, signalisierte der Bedienung, dass sie das Gleiche wie Valentin wollte, und setzte sich ihm gegenüber. Mit kritischem Blick betrachtete sie Valentins Fußbekleidung.

»Das haben wir ja ganz besonders gern. Mit den Skistiefeln Auto fahren. Lass dich bloß nicht von den Ordnungshütern erwischen. So etwas kostet dich ein paar Euro. Wie war es denn heute Vormittag am Arber?«

»Einfach nur traumhaft. Stell dir vor, ich bin tatsächlich bei Sonnenaufgang am Gipfel gewesen und als Erster die Piste runtergefahren. Jo hat nämlich in aller Herrgottsfrüh für mich eine Fahrgelegenheit mit einer der Pistenraupen organisiert.«

»Da kann ich aber locker mithalten«, bemerkte sie trocken. »Ich bin mitten in der Nacht mit den Tourenskiern den Berg hoch, und du fauler Städter wurdest hochgekarrt. Ist schon eine Unverschämtheit, aber für die Touristen tut man hier ja alles.« Sie grinste ihn augenzwinkernd an, während die Bedienung Espresso, Wasser und Torte vor ihr auf das Tischchen stellte.

»Nachdem Jo durch unseren Wink in die journalistische Oberliga aufgestiegen ist, kann er sich doch auch ein wenig dafür erkenntlich zeigen. Das ist nur fair«, verteidigte Valentin seine Annehmlichkeiten.

»Ich schimpf dich doch nicht. Ganz allein in der Nacht auf einen Berg zu gehen, ist definitiv besser als hochzufahren. Du bekommst ja sonst nichts von der Natur mit. Wie ist es dir in den letzten Wochen so ergangen?«

Sie blickte ihn neugierig an und aß ein großes Stück von der Torte.

»Meinen Arbeitsvertrag mit der Glasfabrik in Zwiesel haben wir kurz nach Neujahr im gegenseitigen Einvernehmen aufgelöst. In diesem Fall war es tatsächlich gegenseitig. Es ist damals zu viel vorgefallen und es hat einfach nicht mehr gepasst. Wie du weißt, bin ich wieder nach München zurückgezogen. Das war ja nicht weiter aufwendig, hier war ich ohnehin nur Hotelbewohner.«

»Für wen arbeitest du denn jetzt?«

»Ich genieße das Leben als moderner Mann«, erklärte Valentin lächelnd und streckte sich demonstrativ entspannt auf dem Sofa aus.

»Du hütest also unter der Woche die Kinderlein und fährst am Wochenende Ski«, stellte sie erstaunt fest.

»Na ja, ganz so eindimensional ist es dann nun auch wieder nicht«, verteidigte er sich. »Unter der Woche fahre ich natürlich immer wieder Ski in Lenggries, und wenn das Wetter mal nicht so gut ist, geh ich ins Fitnessstudio.«

Sara boxte ihn gegen die Schulter. »Ich glaube, ich mache in meinem Berufsleben gerade etwas völlig falsch.«

»Es ist nicht ganz so schön, wie du glaubst. Luisa ist im Sender die Karriereleiter um eine Sprosse hochgestiegen und verbringt dort momentan extrem viel Zeit. Ich habe es noch nicht genau gezählt, aber unter 60 Stunden die Woche kommt sie nicht raus. Wenn wir finanziell etwas achtgeben, dann muss ich nicht unbedingt arbeiten, und so kümmere ich mich tatsächlich viel um die Kinder. Das ist bei unserem maroden Schulsystem ja durchaus angebracht. Ich sag dir eins, Larissa und Dorothea schreiben seit Neuestem richtig gute Noten.«

»Willst du so ein Leben wirklich führen? Ganz ehrlich, ich hätte gedacht, du bist stärker auf die Arbeit fokussiert.«

Valentin überlegte eine Weile und blickte sie ernst an. »Im Postmateriellen bin ich noch nicht angekommen, doch dieses Zwangssabbatical ist für Körper und Geist eine Wohltat. Selbstverständlich habe ich einige Köder ausgelegt und es wird gewiss in den nächsten Monaten die ein oder andere interessante Firma anbeißen. Ich habe keine Eile und warte ab, was sich tut. Bei dir sieht es wohl anders aus?«

»Bei meinem Minigehalt habe ich dir zumindest etwas voraus, ich bin bereits im postmateriellen Zeitalter angelangt«, scherzte sie. »Seit zwei Wochen befinde ich mich mehr oder minder im Dauereinsatz am Arber. Irgend so ein Typ hat etwas gegen das Skirennen und veranstaltet eine Sabotageaktion nach der andern.«

»Den Schnee gelb färben«, lächelte Valentin. »Finde ich jetzt nicht so tragisch.«

»Ist es ja auch nicht. Aber es gibt immer ein paar Leute, die sich darüber aufregen, und ein paar, die dies als Aufhänger für irgendwelche Aktionen benutzen. Ich bin an Letztere geraten. Man hat uns einen Terrorismusexperten einer berühmten, oder besser gesagt berüchtigten, Bundesbehörde geschickt und mich zu den Hilfstruppen abkommandiert.«

»Das hört sich doch nicht so schlecht an, besser als mit dem Polizeiwagen in der Gegend herumzufahren und Falschparker aufzuschreiben.«

Sie rollte mit den Augen. »Abwechslung habe ich nunmehr zu Genüge und an frischer Luft mangelt es auch nicht. Dafür sitzen die lieben Kollegen im warmen Aufenthaltsraum und ich arme Sportlerin werde dazu verdonnert, mit den Tourenskiern die halbe Nacht auf Patrouille zu gehen. Es könnte ja der Osserriese aus dem Gebüsch springen und eine weitere Untat begehen.«

»Diesen Namen hat heute auch schon mein Schulfreund Jo gebraucht. Was hat es denn mit dem Osserriesen auf sich?«

»So nennt sich der Umweltaktivist, der die Sabotageakte verübt. Der Osserriese, der die Menschen nicht mehr mag, so stand es auf irgendwelchen Flugblättern, die wir an einem der Tatorte fanden.«

»Ich kann mich nur dunkel erinnern, aber ist das nicht so eine hiesige Märchenfigur?«

»Um genau zu sein, eine uralte Sagenfigur vom Osser. Das ist dieser Berg mit den zwei spitzen Gipfeln in der Nähe von Lam nördlich vom Arber. Mittlerweile bin ich schon zur Expertin von Überlieferungen aus dem Mittelalter geworden. Bis nach Passau in die Staatliche Bibliothek bin ich gefahren, um mehr herauszubekommen. Unser Terroristenjäger glaubt nämlich, dass die Sage Schlussfolgerungen auf die echte Person zulässt.«

Valentin lehnte sich zurück und blickte Sara fragend an. »Waren deine Recherchen nun erfolgreich oder war es nur Sightseeing in der Dreiflüssestadt? Die Bibliothek dort soll ja wunderschön sein.«

Sara runzelte die Stirn. »Es gibt beinahe so viele Varianten dieser Erzählung wie Steine auf dem Osser. Manche Sagen handeln von einem einzigen Osserriesen, andere wiederum von zwei oder dreien. Die Gemeinsamkeit dieser Geschichten ist, dass die Osserriesen böse gottlose Wesen waren. Oftmals hatten sie mit den in der Nähe des Osser lebenden Menschen heftige Konflikte. Eine dieser uralten Geschichten passt allerdings verhältnismäßig gut auf die gegenwärtige Situation.« Sara hielt inne und aß in Ruhe etwas Torte.

Valentin war jedoch ungeduldig. »Erzähl weiter. Was haben die grimmigen Osseriesen den armen Waldlern alles angetan?«

»Nur die Ruhe und keine Hektik. Diese spezielle Sage handelt von einem einzelnen Osserriesen. Die Einheimischen bauten in früherer Zeit eine Glashütte in dem Gebiet, das der Riese für sich beanspruchte. Natürlich benötigten die Glasmacher für ihre Schmelzöfen enorm viel Brennholz und fällten alle Bäume um die Glashütte. Daraufhin wurde der Osserriese unglaublich grantig. Laut der Sage war er so groß, dass ihn die Eichhörnchen für einen Baum hielten. Er riss also eine Fichte aus und erschlug damit die Menschen in seinem Territorium. Dann rollte er einen riesigen Fels gegen die Glashütte, sodass alles in Trümmern lag und im Wald wieder Frieden einkehrte.«

»Der Riese war sozusagen ein Ahne der heutigen Naturschützer. Halt nur etwas resoluter. Das passt doch ins Bild.«

Sara verdrehte die Augen und stöhnte übertrieben künstlich. »Diese Sage auf die heutigen Ereignisse zu übertragen, ist viel zu abstrakt. Die Essenz der Geschichte ist doch, dass sich ein mächtiger Einheimischer gegen die Ausbeutung der Natur wehrt und den früheren Zustand mit roher Gewalt wiederherstellt. Was soll ich mit so einer Aussage anfangen? Das sehe ich mit eigenen Augen, dafür brauche ich keine Sage. Diesen Ermittlungsansatz kannst du schlichtweg vergessen. Reine Zeitverschwendung.«

»Ist das eigentlich schon die ganze Sage oder geht die Überlieferung noch weiter?«

»Wie so oft gibt es für die Menschen ein Happy End. Der Osserriese übersah nämlich bei der Zerstörung der Glashütte zwei kleine Jungen. Einige Jahre später begegnet einer der beiden dem Riesen im Wald. Bei dieser Gelegenheit bietet der junge Mann dem Riesen eine Springwurz zum Schnupfen an. Kaum hat der Osserriese die Wurz geschnupft, zerspringt er in tausend Teile und die Zeit des Riesengeschlechts ist vorbei. Allerdings hilft mir das auch nicht weiter. Soll ich jetzt mit einer Prise

Schnupftabak durch die Lande ziehen und warten, bis mir der Osserriese begegnet?«

»Anscheinend wäre das die richtige Bewaffnung, um den Riesen zu besiegen. Was ist denn eigentlich die Springwurz für ein Kraut? Ich wusste gar nicht, dass es hier so eine Pflanze gibt.«

»Selbst damit habe ich mich befasst. Mit Springwurz ist die Vielblütige Weißwurz gemeint. Allerdings besitzt sie nur dann die notwendigen magischen Kräfte, wenn sie ein Schwarzspecht oder ein Wiedehopf im Wald gefunden hat. Ohne so ein Viech bringt dir die Sucherei nämlich gar nichts. Du siehst, mittlerweile habe ich mich allumfassend über die heimatliche Mythologie informiert. Allerdings hat es mich bisher keinen Deut weitergebracht.«

»Vielleicht musst du alles mehr metaphysisch sehen und nicht so konkret«, bemerkte Valentin und fragte sich insgeheim, wie lange es wohl dauern würde, bis Sara seine Stichelei bemerkte.

»Jetzt fang du nicht auch noch mit diesem Humbug an. Mir reicht schon unser Terrortyp mit seinen Sprüchen und Mutmaßungen. Man muss nämlich in diesen Fällen eine *root cause analysis* durchführen und dann einen *drill down* machen. So ein Wichtigtuer.«

»Offensichtlich ist dein neuer Kollege des Englischen mächtig.«

»Und auch des Lateinischen«, ergänzte sie süffisant. »Freilich hat man ihn kürzlich ziemlich zurückgepfiffen.

Er wollte an allen Zufahrtsstraßen zum Arber Fahrzeug- und Personenkontrollen einführen. Wenn du dies wirklich durchziehst, dann kannst du die Veranstaltung auch gleich absagen. Nun muss er ein wenig diskreter Vorgehen, was ihn aber nicht davon abhält, mich bei Tag und Nacht durch die Gegend zu scheuchen. Er hat ja nur zwei eigene Leute mitgebracht, und die sitzen die ganze Zeit in ihrem Überwachungscontainer und lauschen unseren Handygesprächen.«

Valentin überlegte, ob er mit einer Bemerkung Sara weiter reizen sollte, entschied sich jedoch dagegen. Sie war bereits genug aufgebracht und glaubte offensichtlich nicht an eine ernsthafte Bedrohung, sondern an Streiche einiger übermütiger Waldler. Er wechselte das Thema. »Gestern Abend bin ich in der Au zu einer ganz üblen Sache hinzugekommen. Eine junge Frau, die beim Rauhnachtsaufbau mitgeholfen hat, wurde von irgend so einem Idioten vor einen Schneepflug gestoßen. Sie war sofort tot.«

Sara schluckte und blickte ihn ernst an. »Ich habe es noch am Abend von den Kollegen erfahren. Die Petra ist mit mir zusammen in die gleiche Klasse gegangen. Hoffentlich erwischt man den Typen. Ich habe gar nicht gewusst, dass du ein Tatzeuge bist.«

Valentin erzählte ihr die Geschichte von seiner Zugreise nach Zwiesel, den Vorbereitungen zur Rauhnacht bis zu seiner Rückfahrt in die Glasschmiede und den abendlichen Gesprächen mit seinen beiden Schulfreunden.

»Nach der Schule habe ich sie aus den Augen verloren, und um ganz ehrlich zu sein, wir hatten auch sehr unterschiedliche Interessen. Sie war von Anfang an auf künstlerische Dinge fixiert und ich auf meinen Sport. Einige Male besuchte ich sie während der Schulzeit bei ihrer Oma. Die hatte ein richtig kleines Hexenhäuschen im Wald droben beim Riesberg. Das war schon etwas Besonderes. Ich muss anschließend ohnehin noch kurz zur Polizeidienststelle in Zwiesel, da erkundige ich mich mal nach dem Stand der Ermittlungen.«

»Ist in einem solchen Fall nicht die Kripo zuständig?«

»Schon, doch die lokale Polizei kennt die betroffenen Personen natürlich besser und ist immer eng eingebunden. Wenn ich mich recht erinnere, dann hatte die Petra auch einen Bruder.« Sara hielt plötzlich inne und überlegte einige Augenblicke. »Ich denke, bei dem mache ich einen Kondolenzbesuch. Hast du eigentlich gestern bei den Aufbauarbeiten oder später am Tatort etwas Ungewöhnliches bemerkt?«

Valentin sah sie misstrauisch an. »Du hast jetzt aber nicht vor, eigene Ermittlungen anzustellen?«

»Iwo«, flötete sie betont unschuldig. »Dazu hätte ich überhaupt keine Zeit. Ich muss doch den Osserriesen am Arber jagen.«

»Dann ist es ja gut. Wann hast du denn deine nächste Wache?«

»Heute Abend um zehn geht es wieder los. Ist aber ganz gewiss eine sinnlose Aktion. Bei dem Schneetreiben sitzt der Osserriese in seiner Höhle vor dem Lagerfeuer und frisst ein Pferd. Laut einer Sage schmecken die ihm besonders gut.« Sie deutete aus dem Fenster, wo dicke weiße Flocken langsam in Richtung Boden schwebten.

»Ich muss um sieben zur Generalprobe der Rauhnacht. Da gibt es für mich voraussichtlich nicht viel zu tun, außer zuzuschauen und Pils zu trinken. Ruf doch an, wenn es dir bei der Patrouille langweilig wird.«

»Darauf kannst du dich verlassen, sofern die Kollegen des Terrorjägers mit ihren IMSI-Catchern nicht mal wieder das Handynetz durcheinanderbringen.«

»Für was soll das denn gut sein? Glauben die denn, der Osserriese schleicht mit einem Mobiltelefon in der Hosentasche durch den Wald?«

»Das ist tatsächlich einer der Ermittlungsansätze. Die orten standardmäßig alle Handys, und wenn er beim nächsten Mal zuschlägt, dann können sie im Nachhinein feststellen, ob sich zur besagten Zeit am Tatort ein bestimmtes Telefon befand. Nebenbei hören sie natürlich alle Gespräche ab. Der Täter könnte ja auch noch Komplizen haben.«

»Es wird doch heutzutage niemand mehr so blöd sein, ein eingeschaltetes Telefon in der Hosentasche zu haben, wenn er einen Anschlag macht. Und bei deinem Fall sind das ganz sicher intelligente Leute und keine Vollpfosten.«

»Erzähl das meinem Terrorjäger. Der hält so ziemlich alle für minderbemittelt.«

»Sag mal, warum verwendet ihr eigentlich einen IMSI-Catcher und zapft nicht direkt die Vermittlungsstelle an? Das wäre doch viel einfacher.«

»Mensch, Valentin. Hast du es immer noch nicht verstanden? Wir sprechen hier nicht über eine Polizeiaktion. Das hier ist eine ganz andere Klasse. Diese Leute vertrauen aus Prinzip niemandem, auch keinem Netzbetreiber. Die wollen alles ausschließlich unter ihrer Kontrolle haben. Auch ich bin da nur leidlich akzeptiert, doch sie brauchen mich für die Streifengänge.«

»Komischer Verein«, nörgelte Valentin, »ich frage jetzt lieber nicht weiter nach. Trotzdem, mein Angebot steht. Wenn dir auf Streife langweilig ist, dann ruf mich an. Im Übrigen verlass ich mich darauf, dass du morgen zur Rauhnacht kommst. Als was gehst du denn?«

Sara lachte laut auf. »Das würdest du wohl gerne wissen. Ich verrate es dir aber nicht. Du musst einfach deine Augen etwas aufmachen. Doch wehe du erkennst mich nicht.«

Sie alberten noch eine Weile herum und trennten sich schließlich. Sara machte sich auf in Richtung Polizei und Valentin in Richtung Frauenau. Mittlerweile war er um den Unimog froh. Die Räumdienste schafften es immer weniger die Straßen vom Schnee freizuhalten. Hoffentlich hatte Sara noch den kleinen roten Allradjapaner, denn für normale Autos waren die Straßen zwischen den Ortschaften nahezu unpassierbar geworden.

KAPITEL 6

Bereits kurz nach Beginn des starken Schneefalls hatte Richard vorsorglich die Enden etlicher Ketten an den Firstbaum im Dachbogen genagelt. Seitdem kontrollierte er sie mehrmals am Tag. Bei der heutigen mittäglichen Musterung stellte er fest, dass ein weiteres Kettenglied den Fußboden erreicht hatte. Die Durchbiegung des Firsts war nunmehr so stark, dass er einen baldigen Bruch befürchtete. Brach er, dann würde das ganze Dach in sich zusammenstürzen. Zudem prognostizierte die aktuelle Wettervorhersage mildes Wetter mit möglichem Regen. Dieser würde innerhalb kurzer Zeit das Gewicht des Schnees auf dem Dach nahezu verdoppeln.

So traf Valentin seine beiden Schulfreunde ernst dreinschauend in der großen Wohnküche an, nachdem er in aller Gemütsruhe über die zugeschneiten Straßen auf die Waldlichtung der Glasschmiede zurückgefahren war. Richard und Axel hatten beschlossen, so schnell wie möglich die Schneeberge vom Dach herunterzubringen. Also suchten die drei nach dem Mittagessen die Kletterausrüstung zusammen, begaben sich auf das Dach und machten sich an die Arbeit.

Nicht nur jetzt, selbst im Sommer war es lebensgefährlich das glatte Blechdach zu betreten. Die beiden Glasschmiede und Valentin legten Klettergurte an und sicherten sich mit Seilen. Diese hatten sie mit Karabinern auf der gegenüberliegenden Seite des Dachs an der Anhängerkupplung des Unimogs befestigt. Ohne diese Maßnahme wären sie innerhalb kürzester Zeit abgerutscht und vom Dach gefallen. Jeder der drei schippte mit einer Aluschaufel in hohen Bogen den Schnee vom Dach. Noch war er nicht allzu schwer. Am Anfang der Arbeit alberten sie herum, doch schon nach kurzer Zeit vertrieb ihnen die Anstrengung jegliches Scherzen.

»Kannst du dich noch an den Winter 2006 erinnern, als es auch so viel schneite?«, fragte Richard den laut schnaufenden Valentin. »Mir ist da vor allem ein spezieller Reporter des Bayerischen Rundfunks im Gedächtnis geblieben, der seine Sendungen hochdramatisch gestaltete. Ich hatte dabei immer den Eindruck, er berichtet live aus einem Kriegsgebiet. Insgeheim war er wohl über jede eingestürzte Scheune froh. Eine Invasion von Aliens aus dem All hätte er bestimmt nicht spektakulärer dargestellt.«

Richard machte eine kurze Pause und hielt sich am Seil fest.

»Für die Medien war das damals tatsächlich ein wahrer Glücksfall, den sie bis zur allerletzten Schneeflocke ausschlachteten. Als Resultat schickte man dann Retter aus halb Deutschland. Zum Schluss hatten wir so viele Feuerwehren und THWler hier, dass diverse Straßen aufgrund der ganzen Hilfstruppen unpassierbar waren und nicht wegen des vielen Schnees. Einige dieser Helden hatten dann auch noch Sommerreifen an ihren Fahrzeugen.«

»Wir sind hier halt in einem Hochsicherheitsland, mit Medien, die aus jeder Mücke einen Elefanten machen, und mit Bürgern, die Angst vor allem haben.«

»Ich hoffe bloß, dass niemand von denen das Thema Osserriese spitzkriegt. Unser Jo kann gerne ein paar Interviews im Lokalradio senden, aber sollten die großen Nachrichtenagenturen das Thema aufgreifen, dann ist es vorbei mit dem Skirennen, und zum Winterurlaub wird sich hier auch so schnell keiner mehr blicken lassen.«

Valentin hatte sich im Laufe des Gesprächs einen festen Stand in dem verbliebenen Schnee verschafft, während das Seil locker durchhing. Mittlerweile war Axel auf die andere Dachseite geklettert, um dort den Schnee abzuräumen. »Mit etwas Glück passiert irgendwo anders etwas Spannenderes und kein Mensch außer unserem Jo berichtet dann über die Anschläge.«

Sie hörten Axel von der Rückseite des Hauses rufen. Richard brüllte zurück, dass er ihn nicht verstand, doch als Antwort wurde der Motor des Unimogs gestartet.

Valentin drehte sich überrascht um und versuchte über den Giebel zu spähen. Er wollte herausfinden, was Axel vorhatte. Seine ungestüme Bewegung führte dazu, dass der Schnee, auf dem er bisher sicher gestanden hatte, plötzlich ins Rutschen geriet. Er griff rasch nach dem Seil, doch als er sich daran festhalten wollte, hielt er es lose in der Hand. Ungläubig starrte er darauf, fiel auf alle viere und rutschte mit einem lauten Schrei in Richtung Dachkante. Er wurde immer schneller und schoss regelrecht in die Tiefe. Richard blickte ihm ungläubig mit offenem Mund hinterher.

»Verdammt«, entfuhr es ihm. Dann rief er: »Axel, komm sofort rüber. Valentin ist vom Dach gefallen.«

KAPITEL 7

Sara war nach dem Treffen im Café zuerst mit dem Auto in Richtung Polizeistation gefahren, doch nach wenigen hundert Metern beschloss sie ad hoc umzudisponieren. Der Schneefall war stärker geworden und sie befürchtete, dass die Räumdienste in Bälde nur noch die Hauptstraßen freihalten konnten. Alle anderen Straßen würden vorübergehend unpassierbar werden. Petra Eschenrieders Bruder wohnte in Innenried, einem kleinen Dorf westlich von Zwiesel. Es war nur über eine schmale Straße erreichbar, die bei den Räumdiensten keine hohe Priorität besaß.

Als sie vorsichtig in die Innenrieder Straße in Zwiesel einbog wurde ihr schnell klar, dass die Entscheidung goldrichtig war. Die Straße war bereits stark zugeschneit und links und rechts hatten die Schneewälle eine Höhe erreicht, die definitiv eine Fräse anstelle eines Pflugs erforderte, um die weißen Massen von der Fahrbahn zu entfernen.

Vorsichtig und mit eingeschaltetem Vierradantrieb steuerte sie zügig die Steigung hinauf und hoffte inständig, dass ihr niemand entgegenkam. Dann hätte sie nämlich mehr als einen Kilometer rückwärts fahren müssen, da an ein Ausweichen nicht zu denken war.

Sie hatte Glück und erreichte ohne Gegenverkehr ihr Ziel. Am Ortseingang fuhr sie langsamer und überlegte, wo sich das Elternhaus von Petra befand. Dunkel erinnerte sie sich, dass der kleine Bauernhof am anderen Ortsende lag. Langsam lenkte sie ihren Wagen durch das Dorf und stellte am Ziel fest, dass aus dem Hof mittlerweile ein stattliches Wohnhaus geworden war. In ihm lebte Petras Bruder mit seiner Familie. Wenn der Tratsch in der Stadt stimmte, dann hatte er nach dem Tod der Eltern den ehemaligen Hof geerbt.

Bevor sie aus dem Auto stieg, sah sie bereits Petras Bruder, der mit einer handgeführten Schneefräse mit Gummiketten die Einfahrt zur Garage vom Schnee befreite.

Sie begrüßte Paul Eschenrieder, der einige Jahre älter als seine Schwester war und sich noch gut an Sara erinnern konnte. Immerhin hatte sie ihre Schulfreundin damals einige Male zu Hause besucht.

»Es tut mir furchtbar leid, was mit Petra passiert ist. Meine Kollegen bei der Polizei haben mir von dem Unglück erzählt, und da dachte ich, es gehört sich einfach, bei dir vorbeizufahren und zu kondolieren.«

»Als gestern Abend der Max Schmidt vor der Haustüre stand und mir die Nachricht von ihrem Tod überbrachte, war ich völlig gelähmt. Sie war ja total brav und hatte so viele Pläne. Ich hoffe nur, ihr findet das Schwein.«

»Du kannst mir glauben, wir tun alles, was möglich ist. Die Kollegen sind sicher schon da gewesen und haben dich befragt?«

Paul Eschenrieder nickte.

»Hat sie eigentlich noch hier in eurem Elternhaus gewohnt?«

»Schon lange nicht mehr. Als die Oma vor drei Jahren gestorben ist, haben wir vereinbart, dass ich den Hof bekomme und sie das Haus am Riesberg. Das, in dem die Oma bis zum Schluss gelebt hat. Petra war immer schon gerne in dem kleinen Hexenhäuschen im Wald. Sie ist dann bald dort eingezogen. Wenn ich mich recht erinnere, hast du sie während der Schulzeit da sogar manchmal besucht.«

»Das war der Traum aller Mädels, ein Holzhaus mitten im Wald mit einem riesengroßen Grundstück drum herum. Da würde ich heute noch gerne wohnen.«

»Das Praktische für Petra war, dass dort auch Platz für ihr Atelier war. So musste sie nicht extra etwas anmieten. Es war ein regelrechter Glücksfall für sie.«

»Ich dachte, sie war an der Glasfachschule in Zwiesel beschäftigt?«

»Das stimmt. Nach dem Gymnasium hat sie dort ihre Ausbildung gemacht und mit Jahrgangsbestnote abgeschlossen. Anschließend wollte man sie unbedingt als Lehrerin für Gestaltung haben. Sie bekam sogar einen der seltenen Teilzeitverträge und hat Produktdesign und Glasmalerei unterrichtet. Daneben gab es mehrere Glasfabriken aus der Gegend, die ihr immer wieder Auftragsarbeiten erteilten. Doch die freien Arbeiten waren ihr immer am wichtigsten. Da konnte sie ihren Träumen und Wunschvorstellungen ohne äußere Zwänge nachgehen.«

»In welche künstlerische Richtung hat sie da gearbeitet?«

»Angefangen hat alles mit der Reihe *Pflanzen des Waldes*, für die hat sie weit über den Bayerischen Wald hinaus große Aufmerksamkeit erhalten. Das waren Miniaturen aus farbigem Glas, die die hiesige Flora abbildeten. Wunderschön anzusehen, allerdings extrem aufwendig in der Herstellung. Als Nachfolge wollte sie eine ähnliche Serie über die sagenumwobenen Wesen des Waldes schaffen. Nicht so ein Allerweltszeug wie Wolpertinger, sondern geheimnisvolle Kreaturen, so wie sie bei der Frauenauer Rauhnacht vorkommen. Das war auch der Grund, warum sie sich heuer dort engagiert hat. Sie hat Inspiration für die neue Serie gesucht.«

»Was macht du eigentlich arbeitsmäßig?«, fragte Sara nach.

»Ich bin bei der Bußgeldstelle in Viechtach.« Er blickte sie argwöhnisch an. »Das hat die Polizei auch schon gefragt.«

»Ich wollte dir nur mein Beileid aussprechen. Für wann habt ihr denn die Beisetzung geplant?«

»Wir haben noch keinen Termin, weil sie nicht freigegeben ist. Da könntest du mir wirklich einen Gefallen tun. Sprich doch mit deinen Kollegen, damit wir sie bald haben können. Das ist uns wirklich wichtig.«

»Ich muss jetzt ohnehin rüber zur Polizei, da rede ich mit meinem Chef. Sag mal, hatte sie eigentlich einen Freund?«

»Es gab da jemanden, den habe ich aber nie kennengelernt. Hat wohl irgendetwas mit Sport gemacht, mehr weiß ich aber auch nicht.«

Sara begriff, dass es jetzt besser war, sich zu verabschieden. Sie versicherte Paul noch einmal, dass sie Max Schmidt ansprechen würde, damit man die Leiche von Petra so schnell wie möglich freigab. Ihr war natürlich klar, dass sie darauf keinerlei Einfluss hatte, doch war dies vielleicht ein Ansatz für ein weiteres Gespräch mit Paul in den nächsten Tagen.

KAPITEL 8

»Da ist ja die Sara«, sagte Sebastian erfreut und schüttelte ihr heftig die Hand. »Wie läuft es bei der Verteidigung des Arber gegen den bösen Riesen?«

»Ich bin quasi Tag und Nacht für das Gute im Einsatz. Frag mich bloß nicht, wie viele Überstunden ich mittlerweile zusammenhabe.«

Sebastian Wagner war ein junger Kollege bei der Zwiesler Polizei, der erst seit einigen Wochen die Polizeischule hinter sich gebracht hatte und Sara recht offensichtlich bewunderte. Er war knapp zwei Meter groß, hatte ein paar Kilo zu viel auf den Rippen und ein kugelrundes nettes Gesicht mit schnurgeraden braunen Haaren. Sie fand, dass sein Verhalten stark einem jungen Husky ähnelte, gutmütig und tapsig.

Er senkte die Stimme und sagte in vertraulichem Ton: »Ich kann dir eines verraten. Die Kollegen sind froh, dass du mit von der Partie bist.«

Sara lachte laut auf. »Das glaube ich gerne, immerhin bin ich diejenige, die bei dem Sauwetter draußen die Kontrollgänge macht. Die anderen sitzen an irgendeinem warmen Platz, spielen Karten und tragen schwer an der Verantwortung.«

Er lächelte. »Es ist doch toll, wenn man bereits im Praktikum solche Dinge machen darf.«

»Das kann man jetzt so oder so sehen«, antwortete sie. »Immerhin bleibe ich zumindest körperlich fit. Das ist ja auch etwas wert. Bist du nicht den Deggendorfer Kriminalern zugeteilt, die an dem Eschenrieder-Fall arbeiten?«

»Stimmt. Das ist total interessant. Heute Vormittag waren wir mit der Spurensicherung in ihrem Haus im Wald und haben uns alles genau angeschaut. Da fanden wir auch ihr Handy. Nach dem haben wir schon die ganze Zeit gesucht.«

»Was hat die Auswertung denn ergeben?«

Sebastian zuckte mit den Schultern und kratze sich am Kopf. »Ursprünglich hatten wir große Hoffnungen, dass wir über ihr Handy mehr über ihren Bekanntenkreis herausfinden. Dummerweise hat es uns überhaupt nicht weitergebracht. Es war nicht mal aufgeladen und als wir dann ein Steckernetzteil angeschlossen haben, mussten wir feststellen, dass sie es seit Monaten nicht benutzt hatte.«

»Das soll es geben. Nicht jeder läuft immerzu ansprechbar durch die Gegend.«

»Der Kriminalkommissar sagte, dass sei typisch für viele Künstler. Diese Art von Mensch will sich auf eine Sache voll und ganz konzentrieren und durch nichts Unwichtiges abgelenkt werden. Sie hatte übrigens nicht mal einen Festnetzanschluss.«

»Ich kannte sie ja aus der gemeinsamen Schulzeit. So ein Verhalten passt gut zu ihr. Gab es sonst noch irgendwelche Auffälligkeiten?«

»Gar nichts. Ich persönlich hätte ja gehofft, dass wir bei den Finanzen etwas Interessantes finden. Entweder hohe Schulden oder richtig viel Geld, doch das Bankkonto bewegte sich im Rahmen dessen, was man von einem Normalbürger erwartet.«

»Wart ihr eigentlich bei der Suche nach der Person erfolgreich, die der Schneepflugfahrer neben ihr am Bürgersteig gesehen hat?«

»Auch hier haben wir bisher leider null Resultate. Es waren zu dieser Zeit recht viele Leute in Frauenau unterwegs, und in der Zwischenzeit haben wir mit allen greifbaren Leuten gesprochen. Allerdings ist niemandem etwas Besonderes aufgefallen. Hoffentlich hat sich der Fahrer bei dem Schneetreiben nicht getäuscht.«

»Du, sag mal, Sebastian, hatte sie eigentlich einen Freund?«

»Klar hatte sie einen Freund, das war der Jens Westermann. Den kennst du doch sicher!«

»Der Name sagt mir jetzt nichts«, antwortete Sara und blickte Sebastian fragend an.

»Das ist der Rennleiter beim Skirennen. So ein großer Schlanker aus Norddeutschland. Im Sommer arbeitet er als Golflehrer.«

»Ach der!«, sagte Sara. Sie war sich ziemlich sicher, dass er ihr unbekannt war, aber das musste Sebastian nicht mitbekommen. »Wohnte der wirklich bei ihr am Riesberg?«

»Nein, er bewohnt ein Appartement direkt auf dem

Golfplatz in Oberzwieselau. Wir haben aber in ihrem Haus einige Sachen von ihm gefunden. Er hat wohl öfter bei ihr übernachtet. Was ich dir jetzt sage, darfst du aber wirklich nicht weitererzählen«, erklärte Sebastian mit geheimnisvoller Stimme. »Wir haben nämlich herausgefunden, dass die beiden seit einiger Zeit immer wieder Streit hatten, und zwar ganz schön heftigen. Der Kommissar sagte zu mir, dass wir uns den Westermann näher ansehen müssen. Irgendwas stimmt da nicht.«

»Hat er denn ein Alibi für die Tatzeit?«

»Am Donnerstagabend nahm er an einer Sitzung des Organisationskomitees in der Alten Mühle in Zwiesel teil. Das haben wir gecheckt. Allerdings könnte es durchaus sein, dass er die Besprechung kurz verlassen und Petra vor den Schneepflug geworfen hat. All das ist aber streng vertraulich und bleibt unter uns.«

Sie musste sich beherrschen, um nicht die Augen zu verdrehen. Das konnte ja heiter werden. Sebastian war zwar ein ganz netter Typ, aber kriminalistisch war er nicht der Hellste. Kein Mensch wäre während einer Pinkelpause und bei starkem Schneetreiben am Donnerstagabend die acht Kilometer von Zwiesel nach Frauenau gefahren und hätte dann mal eben so seine Freundin umgebracht. Man konnte wirklich nur hoffen, dass die Ermittler aus Deggendorf mehr draufhatten.

»Aber klar erzähl ich nichts weiter«, beruhigte sie ihn, »wir sind doch Kollegen. Sag mal, wie hat sie eigentlich ihre große Riesenfigur nach Frauenau gebracht?«

»Die Eschenrieder besaß einen VW-Bus. Den hat sie neben dem Pfarrhaus geparkt, das ist einige hundert Meter von der Bürgerhalle entfernt. Vor der Halle war wegen der Schneeräumaktion alles gesperrt. Dann hat sie die Teile der Figur nacheinander einzeln hochgetragen. Beim letzten Teil, dem Kopf, ist dann der Mord passiert. Ich habe die Fotos gesehen. Die ist mit dem ganzen Körper voll gegen den Pflug gekracht, ganz schön grausam.«

»Es könnte also durchaus sein, dass sie jemand beim Transport der ersten Teile beobachtet und sie dann abgepasst hat.«

»Das wäre vorstellbar.« Sebastian blickte ernst drein und nickte. »Du bist richtig gut, Sara. Ich werde deine Idee gleich dem Kommissar berichten. Das ist ein erstklassiger Hinweis.«

»Mach das mal, Sebastian. Vielleicht bringt es euch ja weiter.«

Er klopfte ihr aufmunternd auf die Schulter und trottete in Richtung seines Büros. Sara schlenderte nachdenklich weiter in Richtung Kaffeemaschine. Vielleicht traf sie dort noch einen Kollegen, den sie zu den aktuellen Ermittlungen befragen konnte.

Dort hantierte Max Schmidt, der Leiter der Zwiesler Polizei, lautstark mit der Kaffeekanne herum. »Alles, was man nicht selber macht …«, grummelte er und blickte dann überrascht zu ihr. »Haben Sie nicht frei?«

»Ich wollte zwischendurch mal kurz vorbeischauen.

Eigentlich muss ich schleunigst ins Bett und bis zu meiner nächsten Schicht vorschlafen.«

»Wie läuft es denn so mit dem Fuchs?« Schmidt verwendete den offiziellen Namen des Terroristenjägers, obwohl alle hiesigen Polizisten die Meinung vertraten, dass er frei erfunden war.

»Ein bisschen hyperaktiv ist er ja schon«, formulierte Sara es vorsichtig und beobachte die Reaktion ihres Chefs.

Dieser lachte laut auf. »Ein bisschen ist gut gesagt. Wäre er ein Kind, würde man es ADHS nennen und ihm jeden Tag eine Handvoll Tabletten verabreichen. Allerdings hat er es aber auch nicht leicht. Wird da mehr oder minder als Einzelkämpfer im Bayerischen Wald abgesetzt und darf seinen Kopf hinhalten, falls wirklich etwas passiert.«

»Daran glaubt aber auch nur er. Der Rest der Mannschaft hält den Osseriesen für einen Dummenjungenstreich oder sogar für eine aus dem Ruder gelaufene Marketingaktion eines der Fremdenverkehrsämter.«

»Na ja, Letzteres ist definitiv übertrieben«, widersprach Schmidt und trank vorsichtig aus seiner bis zum Rand gefüllten Tasse. Er runzelte die Stirn. »Es stimmt freilich, bisher ist nichts Gefährliches passiert, aber das lässt sich für die Zukunft nicht kategorisch ausschließen. Also muss man etwas unternehmen. Wenn wir damals ein wenig Glück gehabt hätten, dann wäre er uns bereits in die Falle gegangen.« Schmidt spielte auf einen anonymen

Hinweis an. Sie hatten vor drei Wochen einen Tipp erhalten, wo am Arber der Osserriese seine nächste Aktion geplant hatte. Leider war die Ortsangabe falsch gewesen, weshalb sie sich die Nacht vergeblich um die Ohren geschlagen hatten. Nach Sonnenaufgang hatten sie allerdings auf der Nachbarpiste den mit blutroter Farbe auf schneeweißem Grund gesprühten Spruch *Schneekanonen zu Pflugscharren* bewundern können.

»Wie ist der Tipp eigentlich damals bei uns eingegangen?«

»Das war ganz schön ausgefuchst«, antwortete Schmidt. »Wir bekamen einen automatischen Anruf, der uns eine Kurznachricht vorlas. Diese war von einem nicht registrierten Handy aus Tschechien verschickt worden. Wir hatten nicht den Hauch einer Chance, da etwas herauszufinden.«

Sara pfiff leise anerkennend durch die Zähne. »Nicht schlecht, aber diese Raffinesse sagt doch viel über den Hinweisgeber aus. Ein Dumm-User hätte das nicht hinbekommen.«

»Iwo«, widersprach Schmidt, »das kann heutzutage jeder im Internet nachlesen. Zudem sind das intelligente Leute, das sieht man an der Art der Aktionen. Das ist nicht primitive Sachbeschädigung, sondern da hat jemand einen gewissen Anspruch.«

»Es zeigt zumindest, dass es kein Einzeltäter ist, sondern dass es mehrere Osserriesen gibt und einer davon nicht mit allen Aktionen einverstanden ist. Irgendwie passst das sogar zu den Sagen. Auch da gibt es welche, in denen mehrere Osserriesen vorkommen«, sagte Sara.

»Bleiben Sie mir bloß mit diesen uralten Geschichten vom Leib«, konterte Schmidt und schüttelte den Kopf, »alles Humbug. Das mit der Gruppe ist eine Möglichkeit, die andere wäre, dass es sich sehr wohl um einen Einzeltäter handelt und er bei irgendeiner Gelegenheit zu viel geplappert hat. Auch das wäre vorstellbar.«

»Sie meinen also, unser Informant wollte ihm nur einen Schuss vor den Bug verpassen. Deshalb hat er uns nicht den korrekten Ort genannt«, schlussfolgerte Sara, »sodass wir ihn nicht erwischen konnten.«

»Bravo, Frau Lillem«, sagte Schmidt und nickte. »Und jetzt legen sie sich schnellstens ein paar Stunden ins Bett. Wer weiß, was alles passiert.«

»Ganz sicher nichts«, lachte Sara und verabschiedete sich mit Handschlag von ihrem Chef. Von der schwarzen Brühe namens Kaffee würde sie vorsichtshalber die Finger lassen, sonst wäre es vorbei mit dem Vorausschlafen.

*

Valentin lag auf dem Rücken und bekam keine Luft. Er blickte starr in den grauen Himmel, während große Schneeflocken langsam auf sein Gesicht fielen. Seine einzigen Gedanken beschäftigten sich mit der Beobachtung der weißen Flocken und wie sie auf ihn herabflogen.

Die Welt um ihn herum bewegte sich langsam, wie in Zeitlupe. Es würde nicht lange dauern, bis er von einer dünnen Schicht Schnee bedeckt war. Valentin erinnerte sich an den auf der Bahre liegenden toten Körper von Petra Eschenrieder. Auch dieser war still vom Schnee verhüllt worden. Die Rufe von Axel und Richard nahm er zwar wahr, doch Berge von Watte schienen sie von ihm zu trennen.

Plötzlich beugte sich jemand über ihn, und eine Hand schlug ihm links und rechts auf die Wangen. Die aufgeregte Stimme von Axel drang an sein Ohr: »Alles in Ordnung, Val? Fehlt dir was?«

Valentin versuchte, die Muskeln in seinen Beinen anzuspannen. Hoffentlich reagierten sie noch. Er drückte das rechte Bein nach unten und dann das linke. Beide Male spürte er Widerstand. Er probierte dasselbe mit seinen Armen. Millimeter bewegten sie sich. Dann drehte er seinen Kopf zuerst nach rechts und dann nach links. Er gehorchte ihm, wenn auch nur zögernd. Zumindest am Rücken schien er nicht verletzt zu sein.

»Fehlt dir etwas? Bist du in Ordnung? Sag doch endlich was!« Axels Gesicht befand sich wenige Zentimeter über seinem und blickte ihn angsterfüllt an.

»Alles in Ordnung«, murmelte Valentin und versuchte sich mit den Armen hochzustemmen. Er schaffte es aber nicht.

Nunmehr rückte auch Richard in sein Gesichtsfeld. Er schimpfte wild drauflos. »Axel, du bist ein Idiot. Du kannst doch nicht einfach die Sicherungsseile abhängen, ohne uns vorher Bescheid zu geben.«

»Das habe ich getan. Ich habe zu euch übers Dach gerufen, dass ich den Unimog wegfahre und kurz die Karabiner ausklinke. Du hast sogar darauf geantwortet.«

»Meine Antwort war, dass ich dich nicht verstanden habe, du Depp.« Richard wandte sich an Valentin. »Kannst du alles bewegen?«

»Geht schon wieder. Sieht so aus, als würden Arme und Beine noch funktionieren.«

Axel und Richard halfen ihm mit vereinten Kräften auf die Beine. Schmerzen spürte er seltsamerweise keine, aber das rührte sicher vom Schock. Er hatte unwahrscheinliches Glück gehabt, weil er in den zuvor hinunter geschaufelten Schneehaufen gefallen war und nicht einen halben Meter daneben auf die schneefreien Granitplatten im Eingangsbereich.

»Jetzt bringen wir dich erst mal in die Stube und da legst du dich auf das Sofa. Das Dach räumen wir allein ab. Und das machen wir zusammen, damit nicht wieder irgendwelche Typen die Seile abhängen, gell, Axel.«

KAPITEL 9

In einem kleinen Gang und mit Schneeketten an allen vier Rädern fuhren sie gemächlich nach Zwiesel. Richard erzählte Valentin während der Fahrt, dass sie den Unimog recht günstig vom städtischen Bauhof in Bodenmais gekauft hatten. Allerdings waren Getriebe und Fahrgestell ziemlich ramponiert gewesen, weil er jahrelang zum Schneeräumen eingesetzt worden war. Mithilfe eines Kumpels aus einer Lindberger Autowerkstatt hatten sie ihn wieder in einen technisch einwandfreien Zustand gebracht und nebenbei auch noch die Einspritzanlage überarbeitet. So gab der Dieselmotor jetzt mehr als 150 PS Leistung ab. Was für diese Art von Fahrzeug enorm viel war.

Sie parkten hinter dem Rathaus und trugen die große Alukiste mit den dick verpackten Pokalen in den Sitzungssaal hoch. Axel und Richard hatten sich ausnahmsweise in Schale geschmissen. Beide trugen unter dicken schwarzen Wintermänteln Trachtensakkos, weiße Hemden und dunkle Anzughosen. Einzige Ausnahme waren die dicken Winterschuhe, auf die sie bei diesem Wetter nicht verzichten wollten. Leider hatten sie vergessen, Valentin vor seiner Abfahrt in München auf dieses Ereignis hinzuweisen, weshalb dieser nur Freizeitkleidung und Skiklamotten eingepackt hatte. Nun stand er in Jeans und dickem Flanellhemd im Holzfällerstil neben seinen beiden Freunden und fühlte sich ziemlich fehl am Platz.

Eine Reihe von Rundbogenfenstern mit Holzsprossen führte vom Sitzungssaal des Rathauses zum Stadtplatz. Die Breite der Fensterbretter demonstrierte eindrucksvoll die dicken Wände des alten Gebäudes. Bis auf knapp Schulterhöhe verzierte eine dunkle Wandvertäfelung den weiß getünchten Raum. Von der Decke hing ein großer schmiedeeiserner Leuchter, der jedem Burgsaal zur Ehre gereicht hätte, doch stilistisch an diesem Ort ein Bruch ersten Grades darstellte.

An der Stirnseite des Saales prangte das Stadtwappen. Es zeigte in halber Lebensgröße einen Ritter in voller Rüstung mit Schwert und Schild vor den Stadtfarben, gelb und rot. Direkt unter dem Wappen stand ein großer Tisch, vermutlich für die Präsentation der Pokale. Die übliche Bestuhlung mit den Besprechungstischen für die Stadtratssitzungen hatte man für den wichtigen Empfang entfernt.

»Da sind ja die berühmten Glaskünstler.«

Ein kleinerer, etwas korpulenter Mann kam auf die Glasschmiede zu und schüttelte überschwänglich ihre Hände. Anschließend begrüßte er auch Valentin. Es war Michael Meier, der umtriebige Besitzer eines Sportgeschäfts und einer der Sponsoren des Skirennens. Er investierte vermutlich nicht einmal allzu viel Geld in seine Aktionen, doch er verstand es, das Maximum an Werbeeffekt herauszuholen.

»Packt doch die Pokale aus und stellt sie dort drüben auf den Tisch, damit die Skimädels sie schon mal anschauen können. Die treffen gleich ein.« Er half ihnen, die massiven Glasobjekte aus der Luftpolsterfolie zu wickeln, und arrangierte sie auf der blütenweißen Leinendecke. So wie Valentin die Situation einschätzte, hatte Michael Meier einiges dazu beigetragen, dass die beiden Glasschmiede den Auftrag für die Pokale bekommen hatten. Im Anschluss an die Eintragung ins Goldene Buch der Stadt war ein Fest mit Livemusik und weiteren Attraktionen auf dem Stadtplatz geplant.

Kaum waren die Pokale platziert, schob sich auch schon der Tross der Sportfunktionäre, lokalen Würdenträger und Sponsoren in den Raum. Die Rennläuferinnen in ihren bunten Skijacken stachen unverkennbar aus dem Gewimmel hervor. Innerhalb von Augenblicken war der große Raum mit aufgeregten und laut durcheinanderredenden Menschen gefüllt. Auch Jo war dabei und schoss ein Foto nach dem anderen. Unerwartet standen Axel und Richard inmitten der Menge, und viele der Anwesenden schüttelten ihnen die Hände oder klopften ihnen auf die Schulter. Valentin hingegen wollte unbedingt im Hintergrund bleiben, begab sich deshalb in eine der weniger belebten Ecken des Saales. Von da aus hatte er einen guten Überblick und konnte seine Freunde im Gewühl beobachten.

Doch er blieb nicht lange allein auf seinem Beobachterposten. Ein Mann im dunklem Anzug und Krawatte kam auf ihn zu und stellte sich als Erwin Paternoster, Bürgermeister der Stadt Zwiesel, vor. »Herr Steinberg, schön dass sie wieder einmal bei uns sind. Ich wollte Sie die ganze Zeit über kontaktieren und mich für die Rettung der Arbeitsplätze bei der BGI bedanken. Es war sehr mutig und lobenswert, dass sie diese Machenschaften öffentlich gemacht haben. Ich und die ganze Stadt sind Ihnen zu großem Dank verpflichtet.« Er spielte auf den Herbst letzten Jahres an, als Valentin bei einem Glashersteller in Zwiesel beschäftigt gewesen war und zusammen mit Sara einen großen Betrugsfall aufgedeckt hatte, der beinahe mehr als 300 Beschäftigte ihre Anstellung gekostet hätte.

Valentin stotterte völlig überrascht ein paar Sätze, dass er nur das getan hatte, was man von jedem vernünftigen Menschen erwarten konnte. Währenddessen flammte mehrmals Jos Blitzlicht auf, der den Bürgermeister regelrecht mit seiner Kamera verfolgte.

»Eigentlich wollte ich mich schon vor einigen Wochen bei Ihnen melden, um eine Idee zu diskutieren. Ich sehe da diverse Gemeinsamkeiten und interessante Optionen, die wir zwei baldmöglichst in Ruhe erörtern sollten.«

Bevor jedoch Valentin etwas darauf antworten konnte, entschuldigte sich Paternoster und wandte sich einer Frau zu, die allein zu sein schien und sich nicht so recht zu amüsieren wusste. Sie war für seinen Geschmack ein wenig pummelig, schien absichtlich teuer gekleidet und nach einem weiteren prüfenden Blick etwas über 50. Ihr leicht gebräuntes Gesicht glänzte stark von einer dick aufgetragenen Gesichtscreme.

»Grüß Gott, Frau Meier-Küblböck, kommen Sie doch zu Herrn Steinberg her, damit Sie auf dieser fantastischen Veranstaltung nicht so allein herumstehen müssen. Ihr armer Mann ist ja völlig im Stress, der kann sich ja überhaupt nicht um Sie kümmern.«

Das Stadtoberhaupt, ganz der Profi-Politiker, versuchte offenbar die Situation etwas zu entspannen. Michael Meier posierte inmitten der jungen Rennläuferinnen für einige Fotografen. Seiner Frau bereitete dies offensichtlich nicht gerade Freude.

So ergab es sich, dass Valentin die nächste halbe Stunde Belanglosigkeiten mit der immer noch angespannt wirkenden Frau Meier-Küblböck über den Wintersport im Bayerischen Wald austauschte. Allerdings war er bei dem Small Talk nicht so recht bei der Sache, weil er immer wieder über die Andeutung des Bürgermeisters nachdenken musste. Was mochte er wohl mit den Optionen gemeint haben? Zu dumm, dass ihr Gespräch unterbrochen worden war. Vielleicht ergab sich ja später noch die Gelegenheit zu einer Fortsetzung. Währenddessen ging auf der anderen Seite des Sitzungssaals die Eintragung ins Goldene Buch mit erfreulich kurzen Ansprachen und viel Applaus vonstatten.

»Da bist du ja«, sagte Sara, als sie Valentin plaudernd mit einer ihr unbekannten Frau in der Ecke sah. »Entschuldigen Sie bitte, aber ich muss Ihren Gesprächspartner entführen.« Sie packte Valentin am Ellenbogen und zog ihn mit beachtlicher Kraft in Richtung Tür.

»Sei doch nicht so grob. Mir tun alle Knochen weh. Ich bin vorhin vom Dach gefallen.«

»Ach was«, widersprach Sara spitz, »stell dich nicht so an. Wir müssen schleunigst einige Neuigkeiten besprechen.« Sie zerrte ihn aus dem Raum und hoch in eines der oberen Stockwerke des Rathauses. Dort waren sie ungestört und setzten sich auf die hölzerne Treppe, Valentin vorsichtig und klagend, Sara mit einem verächtlichen Blick für ihn.

Er wollte gerade beginnen, ihr seine Leiden im Detail zu schildern, als sie ihn auch schon unterbrach. »Das mit dem Dach musst du mir später erzählen. Ich habe nämlich dort unten einige interessante Dinge erfahren.«

Valentin blickte sie neugierig an.

»Ich kenne mehrere von den Rennläuferinnen ganz gut. Die sind ja teilweise beim gleichen Verein wie ich angestellt. So seltsam es klingt, aber nahezu alle Wintersportler sind Beamte bei der Bundeswehr oder Polizei. Da gibt es immer ganz gute Anknüpfungspunkte für ein Gespräch.«

»Wolltest du dich nicht hinlegen und für die nächste Schicht vorschlafen?«

»Man muss das Eisen schmieden, solange es heiß ist«, entgegnete sie ihm und hob vielsagend die Brauen. Sie legte die Hand überrascht an ihren Mund und begann zu lachen. »Jetzt komme ich schon mit den gleichen Sprüchen wie mein neuer Chef. Im Ernst. Ich konnte wirklich interessante Informationen über den Freund der Eschenrieder in Erfahrung bringen.«

»Befindest du dich nicht auf der Jagd nach dem Osserriesen? Das hat doch mit der Eschenrieder überhaupt nichts zu tun!«

Sara verdrehte die Augen und antwortete: »Man kann durchaus zwei Dinge gleichzeitig im Auge behalten. Lenk mich nicht ab. Also, Folgendes habe ich herausgefunden: Die Petra hatte einen Freund und dieser ist der Rennleiter des Skirennens am Arber. Er will aber beruflich unbedingt weiterkommen und möchte deshalb auf jeden Fall einen Trainerjob bei der deutschen Nationalmannschaft. Dazu ist er von Pontius zu Pilatus gerannt und hat sich zusätzlich enorm bei den Vorbereitungen zum Rennen engagiert. Die Petra hat dies natürlich mitbekommen.«

Valentin hob wissend die Augenbrauen und schnalzte mit der Zunge. »Ich weiß, was jetzt kommt. Das hat ihr wohl nicht gepasst, wenn er als Trainer monatelang mit den gut aussehenden Sportlerinnen in der Welt herumgezogen wäre. Man konnte das unten im Sitzungssaal vorhin gut beobachten, wie sich manche Männer vor den jungen Frauen zum Affen machen.«

Sara antwortete verächtlich: »Über den Ausdruck *gut aussehend* kann man diskutieren, professionelles alpines Skifahren versaut dir nämlich die Figur. Aber im Prinzip hast du recht. Sie war stinksauer und die beiden befanden sich seit einiger Zeit im Dauerstreit.«

»Und deshalb soll er sie vor den Schneepflug gestoßen haben?«, fragte Valentin. »Ganz ehrlich, das ist nicht plausibel. Er hätte doch einfach den Job annehmen können und sie wäre dann allein hier im Wald gesessen, während er mit den Mädels auf Weltreise ist.«

»Unsinn, ich will doch nicht auf den Mörder hinaus. Ich stelle nur fest, dass es da enorm viel Ärger gab. Das war auch noch nicht alles, was es zwischen den beiden gegeben hat.«

»Jetzt mach es doch nicht so umständlich. Was war noch?«

»Die Petra arbeitete als freie Künstlerin und hatte daneben noch einen Lehrauftrag an der Glasfachschule. Seit der letzten Silvesterfeier war da wohl etwas mit einem anderen Mann. Ich vermute, dass sie den Westermann eifersüchtig machen wollte, was ihr wohl sehr gut gelungen ist.«

»Wie erfährt man denn so etwas?«

»Ich sage nur, Gespräche unter Frauen. Der Westermann hat sich bei den Sportlerinnen wohl des Öfteren ausgeweint.«

»Das könnte aber auch die Mitleidsmasche gewesen sein, um eine der Rennläuferinnen herumzubekommen«, antwortete Valentin und fing an, mit hoher Stimme zu witzeln. »Ach, der arme Mann hat so eine böse Freundin, der tut mir ja so leid. So viel Unglück, ich muss ihn unbedingt trösten.«

»Du bist mir ja ein ganz Durchtriebener. Klingt fast so, als hättest du das auch schon mal ausprobiert«, schmunzelte Sara, »da muss ich mich in Zukunft wohl in acht nehmen. Im Ernst – so doof sind die Skifahrerinnen auch wieder nicht, dass sie dies nicht durchschauen würden. Ich denke, es ist wahr, dass Petra einen anderen hatte, aber trotzdem von dem Westermann nicht loskam.«

»Was leitest du nun davon ab?«

Sara überlegte und als sie zu einer Antwort ansetzen wollte, hörten sie eine laute Stimme: »Da sind Sie ja, Frau Lillem. Ich habe Sie unten im Saal kurz gesehen und dann waren Sie plötzlich verschwunden.«

Nach der vorangehenden Beschreibung von Sara war es Valentin sofort klar, wer da mit dynamischen Schritten die Treppe hochstürmte. Es war der Terrorjäger Manfred Fuchs. Er trug einen gut sitzenden dunklen Anzug mit Weste und Krawatte. In der linken Hand hielt er einen schwarzen Aktenkoffer, der augenscheinlich nicht ganz leicht war. Valentin warf einen neugierigen Blick darauf. Nach seiner Meinung befanden sich darin sicher keine Papiere.

Fuchs begrüßte Valentin kurz mit Namen, was diesen sehr erstaunte. Dann wandte er sich Sara zu. »Sie sind meine letzte Verteidigungslinie und ich brauche Sie heute noch auf dem Arber. Diese Nacht ist der ideale Zeitpunkt, um zuzuschlagen, und ich bin mir sicher, dass der Osserriese diese Gelegenheit nicht verpassen wird.«

Sara war völlig überrascht von diesem Auftritt und brauchte einen Moment, um die Forderung zu erfassen. »Bei diesem Schneetreiben wird kein Mensch auch nur den kleinsten Anschlag auf dem Arber durchführen. Man würde auf einem Parkplatz nicht einmal mehr sein eigenes Auto finden, geschweige denn, dass sich jemand auf den Pisten oder im Wald orientieren könnte.«

»Diesem Osserriesen traue ich das durchaus zu. Das ist ein Naturbursche ohnegleichen. Wir dürfen jetzt keine Opfer scheuen und müssen alles für die Sicherheit der Einwohner unternehmen. Seien Sie sich gewiss, ich habe noch ein paar Asse im Ärmel, aber darüber werde ich hier nicht sprechen.« Er warf einen Blick auf Valentin und sah Sara dann betont entschlossen an.

Diese zuckte ergeben mit den Schultern und erhob sich langsam. Sie blinzelte Valentin heimlich zu. »Tut mir leid, aber der Berg ruft. Ich melde mich, sobald es möglich ist.«

Valentin hob nur die Hand zum Abschied und schaute den beiden hinterher. Das Leben als Hausmann ohne Chef hatte durchaus seine positiven Seiten, sinnierte er und blieb noch eine Weile seinen Gedanken nachhängend auf der Treppe sitzen.

KAPITEL 10

»Hey, Leute, lange habt ihr bei dieser Kälte warten müssen, doch nun kommen sie. Die fünf Jungs aus Hauzenberg, dem Zentrum des Granits. Bühne frei für *His Name is Sandusky.*«

Die Eintragung ins Goldene Buch war zu Ende und nun begann das Fest auf dem Zwiesler Stadtplatz. Man hatte eigens für die Veranstaltung vor dem Rathaus eine Holzbühne aufgebaut. Auf ihr stand Jo und brüllte voller Elan seine Ansage ins Mikrofon. Unmittelbar darauf stürmten die fünf Rockmusiker die Bühne und legten unter dem Jubel des Publikums los. Valentin stand mitten in der dicht gedrängten Menschenmenge und starrte zu Jo hoch. Vorhin war er noch der umtriebige Fotojournalist und mit allen Offiziellen auf Du und Du und nun der wilde Moderator aus dem Waldradio. Diese Wandlungsfähigkeit war bemerkenswert.

Nach dem Festakt im Rathaus hatten die bekanntesten Skifahrerinnen noch von der Bühne aus dem Publikum zugewunken und Autogramme verteilt. Danach bestritten Wolfauslasser aus Rinchnach, Frauenau und Bodenmais einen lautstarken Wettbewerb in *Wer ist der wildeste Wolf im Wald.*« Die Gruppen mit ihren gewaltigen Kuhglocken und Peitschen veranstalteten einen Höllenlärm, der dank des Widerhalls durch die Häuserreihen links und rechts am Stadtplatz noch erheblich verstärkt wurde. Schlussendlich erkor das Publikum durch lautes Gebrüll den Wolf aus Rinchnach zum Sieger. Zum Dank gab es eine abschließende Vorführung der lautstarken Kunst. Doch der Höhepunkt des heutigen Abends war eindeutig die Rockgruppe, die nicht nur beim jugendlichen Teil des Publikums sehr gut ankam, sondern auch Valentin gefiel. An seinem Platz wurde es ihm zu laut, weshalb er sich weg von der Bühne zum unteren Teil des Stadtplatzes schob. Jedes Mal, wenn er in dem Trubel jemanden touchierte, verspürte er im Rücken einen Stich. Hoffentlich war sein Sturz wirklich so glimpflich verlaufen, wie er bisher angenommen hatte.

Trotz seiner Schmerzen bekam Valentin langsam Hunger. Er beschloss sich auf die Suche nach etwas Essbarem zu machen. Auf dem Stadtplatz waren viele Stände aufgebaut, an denen Getränke und allerlei Kleinigkeiten angeboten wurden, sodass für jeden Besucher etwas dabei war. Valentin entdeckte den fahrbaren Imbissstand von Volkan, dem türkischen Imbissbudenbesitzer. Dieser hatte eine enorme Auswahl von seinen berühmten Döner zu bieten, was die lange Schlange vor seinem Stand bewies, in die er sich nun einreihte.

Der Imbissbudenbesitzer erkannte Valentin wieder und offerierte ihm seinen neuesten vegetarischen Winterdöner zusammen mit einem Glühwein. Nach kurzem Überlegen entschied sich Valentin jedoch für einen traditionelleren Imbiss und bestellte eine warme Leberkässemmel mit scharfem Senf sowie ein Pils. Er ging mit seinem Essen zu einem der rund um den Stand aufgestellten Stehtische, wärmte sich etwas an dem daneben stehenden Heizstrahler und biss in die Semmel.

In unmittelbarer Nähe parkte ein Rettungswagen. Valentin fiel auf, dass auch der Sanitäter bei Volkan sein Abendessen organisierte. Es war derselbe, mit dem er gestern Abend in Frauenau begonnen hatte, die zerstörte Rauhnachtsfigur von der Straße zu räumen. Als er Valentin erkannte, kam er zu ihm und stellte sich unter den wärmenden Pilz. »Ich hoffe, du hast das gestern gut verdaut. Das war wahrlich kein schöner Anblick«, bemerkte er einleitend und fuhr fort, »ich heiße übrigens Tobi.«

»Valentin«, antwortete dieser und sie schüttelten sich die Hände. »Ist das schon die neue Schicht oder die Fortsetzung der gestrigen?«

Tobi lachte laut auf. »So schlimm ist es im Gesundheitswesen noch nicht. Dieses Wochenende ist freilich ein Riesentrubel wegen des Skirennens, und die Polizei sieht überall Osserriesen. Von dem hast du sicher schon gehört. Wir mussten heute Abend hier auf dem Stadtplatz so viele Einheiten zusammenziehen, dass wir bei einem Verkehrsunfall vermutlich ganz schön in die Bredouille kämen. Hoffen wir mal, dass die Leute bei dem Wetter entweder gar nicht oder zumindest schön vorsichtig fahren.«

»Ich bin jetzt mal neugierig«, fing Valentin an. »Wie konnte das denn gestern beim Rauhnachtsaufbau passieren? Das war doch Mord, oder?«

»Muss wohl tatsächlich so gewesen sein. Die Polizei hat den Schneepflugfahrer noch in meinem Rettungswagen befragt. Der war ganz schön durcheinander. Er hat dauernd etwas von diesen Rauhnachtsfiguren erzählt, die am Straßenrand standen, und eine hat die andere angeblich plötzlich auf die Straße gestoßen. Mit dem schweren Lastwagen hast du nicht die geringste Chance auszuweichen oder rechtzeitig anzuhalten. Diese großen Pflüge fahren wie auf Schienen.«

»Ein Mord kommt mir irgendwie unbegreiflich vor. Könnte es denn nicht sein, dass sie betrunken war und bei dem Schneegestöber auf die Straße rutschte?«

»Genau das hatte ich mir anfangs ebenfalls gedacht. Allerdings haben sie in der Zwischenzeit eine Analyse durchgeführt und man fand nur wenig Alkohol im Blut. Das war also sicher nicht die Ursache. Du hast es doch selbst gesehen, zwischen Gehweg und Fahrbahn befand sich eine regelrechte Schneemauer. Da fällst du nicht von selbst drüber, da muss jemand mit Schwung nachhelfen. Zumindest ist sie wohl schnell gestorben, angeblich glatter Genickbruch.«

Valentin schauderte bei dieser Aussage. Vermutlich hatte Tobi während seiner Arbeit schon viele grauenhafte Unfälle gesehen und konnte daher leichter über solche Vorfälle sprechen als er.

»Da befand sich auch jede Menge Blut im Schnee. War das alles von ihr?«

»Bis der schwere Pflug endlich stand, hat er sie noch

einige Meter mitgeschleift und ihr einige große Wunden zugefügt. Doch da war sie schon tot. Das ging blitzschnell.« Das Funkgerät an Tobis Gürtel krächzte laut auf. Mit einem raschen Griff nahm er es in die Hand und hörte konzentriert zu. Im Gegensatz zu Tobi verstand Valentin kein Wort.

»Alles klar, ich bin gleich bei euch.« Er drehte sich zu Valentin. »Hier geht es schon zu wie bei einem richtig großen Konzert. Ich muss den Stadtplatz hoch in Richtung Bühne, da ist jemand umgekippt. Diese Teenager.« Er schüttelte verständnislos den Kopf und eilte nach kurzem Abschiedsgruß davon.

Valentin blieb noch eine Weile, trank genüsslich ein zweites Pils und machte sich dann auf die Suche nach den Glasschmieden. Allerdings wollte er nicht mehr zurück in den Rathaussaal, da ihm dort womöglich eine weitere Runde Small Talk drohte. Danach war ihm überhaupt nicht, außerdem fühlte er sich in seiner legeren Kleidung unter all den Offiziellen absolut unwohl.

Die Generalprobe der Rauhnacht begann um 19 Uhr. Vorher mussten Valentin und seine beiden Kumpels noch ihr Werkzeug aus der Schmiede holen. Wer weiß, was es alles noch im letzten Augenblick zu reparieren gab. Es war nicht mehr viel Zeit, und bei dem Wetter kam man selbst mit dem Unimog nicht allzu flott vorwärts.

KAPITEL 11

Sie hatten es zum Beginn der Generalprobe gerade noch rechtzeitig geschafft. Von Zwiesel waren sie zur Glasschmiede gefahren, wo Richard zwei große Werkzeugkoffer auf die Ladefläche gewuchtet und unter einer Plane verstaut hatte. Dann waren sie weiter nach Frauenau gefahren, wobei das Tempo des Unimogs dem eines kränkelnden Radfahrers entsprach. Mit einem gewöhnlichen Auto wären sie allerdings irgendwo unterwegs in einer Schneewehe stecken geblieben. Selbst die großen Schneepflüge hatten in dieser Nacht erhebliche Probleme wenigstens die Hauptverkehrsstraßen freizuhalten.

Kaum in der Bürgerhalle angekommen waren bereits die ersten Nachbesserungen an der LED-Beleuchtung fällig. Dies machte der Vorarbeiter den beiden Schmieden mit nicht allzu diplomatischen Worten klar. Axel und Richard stürzten sich auf die Arbeit und ließen Valentin mit einem augenzwinkernden Hinweis auf die Bar allein. Dieser spazierte in die entsprechende Richtung, fand dort jedoch niemanden, der ihm hätte verraten können, wo das Pils gelagert wurde. So schnappte er sich kurzerhand ein Weißbier einer hiesigen Brauerei mit Bügelverschluss und befüllte langsam sein Glas.

»Jetzt musst du bloß noch Cola dazukippen, dann wären wir wieder bei dem Standardgetränk unserer

Jugend.« Jo hatte sich von hinten angeschlichen und als Valentin sich überrascht umdrehte, drückte er den Auslöser seiner Kamera. Die professionelle Fotokamera ratterte los und das aufgesteckte Blitzgerät flammte mindestens zehnmal nacheinander auf. Der völlig perplexe Valentin blickte verdutzt in die Kamera, was Jo lauthals lachen ließ.

»Junge, du siehst aus, als wenn es 5 Uhr früh wäre und du einige Bierchen zu viel intus hättest. Das wird ein gutes Foto für die nächste Ausgabe.«

»Hör bloß auf mit dem Schmarrn«, entgegnete Valentin. »Was machst du hier eigentlich? Musst du nicht am Zwiesler Stadtplatz moderieren?«

»Die Sanduskies machen das schon allein, und ich nutzte die Zeit für gute Bilder ohne großen Trubel.«

»Sag mal, wie bist du überhaupt bei dem Schneefall in die Au gekommen? Selbst mit dem Unimog war das kein Spaß.«

»Jetzt habe ich dir schon die Nummer des Fahrservice besorgt und du hast ihn immer noch nicht ausprobiert«, schimpfte Jo. »Da ruft man an und schwups kommt einer dieser großen Geländewagen und bringt dich überall hin. Das funktioniert selbst bei diesem Wetter.«

»Bei der nächsten Gelegenheit werde ich den Service nutzen«, versprach Valentin und trank sein Bier. »Willst auch eines?«

»Danke nein, ich habe später noch einen Termin.« Er zwinkerte vielsagend. »Da muss ich topfit sein. Sag mal,

Valentin, eine zuverlässige Quelle hat mir den Fingerzeig gegeben, dass du mir mehr zu der Sache mit der Eschenrieder erzählen kannst.«

»Ich?«, fragte Valentin betont lang gezogen und blickte Jo unschuldig an.

»Komm schon, immerhin hast du geholfen, die Trümmer von der Straße zu räumen.«

»Wenn du ohnehin so viel weißt, warum fragst du dann überhaupt?«

»Jetzt tu doch nicht so begriffsstutzig. Mich würde interessieren, was die Polizei aktuell unternimmt. Du weißt schon, Woodpecker fragt nach. Und erzähle mir jetzt bitte nicht, woher du das wissen sollst. Da sage ich nur Lillem.«

»Ich kann doch nicht vertrauliche Ermittlungsergebnisse der Polizei ausplaudern. Das müsste dir klar sein.«

»Ha«, stieß Jo hervor, »jetzt hab ich dich. Du verheimlichst mir etwas.«

Bevor er mit der Befragung fortfahren konnte, wurde er unterbrochen. Der Vorarbeiter von Donnerstagabend baute sich vor Jo auf. »Wir wären dann so weit. Das Licht steht, und etliche Maschkerer warten auf dich. Du wolltest doch die Fotos von unserer Dekoration machen. Die haben wir heuer besonders gut hinbekommen.«

»Ich komme gleich rüber. Kennt ihr euch eigentlich?«

Als der Vorarbeiter dies verneinte, stellte ihn Jo als Max Wenig vor, den Organisator der Rauhnacht. Er schüttelte Valentin die Hand und sagte im tiefsten Niederbayerisch, dass er sich über jeden Besucher freue. Jo hakte nach dieser Aussage sofort ein. »Wie sieht es denn heuer mit den Vorverkaufszahlen aus?«

Wenig zuckte bedauernd mit den Schultern »Immer noch recht mau. Du weißt ja, letztes Jahr waren es nur 150, die gekommen sind. Wenn es noch weniger werden, dann können wir es bleiben lassen. Die Rauhnacht ist zwar das älteste Maskenfest im Wald und eine Zeit lang waren wir sogar das Größte, doch seit einigen Jahren geht es stetig bergab.«

»Deshalb machen wir jetzt richtig gute Fotos und morgen ist es in den Samstagsausgaben der überregionalen Presse. Das bringt euch sicher ein paar zusätzliche Besucher«, argumentierte Jo. »Selbst bei dem Wetter.«

»Wir haben in diesem Jahr sogar im ganzen Landkreis plakatiert. Die Rauhnacht ist halt nicht einfach so ein x-beliebiges Maskenfest, sondern ist eng mit den Wesen aus dem Wald verbunden. Wenn da einer mit einem Latexgesicht und einem Hexenfummel aus dem Katalog ankommt, dann wollen wir ihn eigentlich nicht haben. Das passt nicht zum Charakter der Veranstaltung.«

Jo wandte sich an Valentin: »Ich schieß jetzt mal die Bilder und du trink mal schön dein Weißbier ohne Cola. Morgen melde ich mich wegen des Themas, das ich vorhin angesprochen habe.«

Jo und Wenig verschwanden in Richtung Bühne, auf der bereits mehrere Waldwesen warteten.

Valentin lümmelte auf einem der Barhocker und schaute gelangweilt in die Halle. Alles war vorbereitet für das morgige Fest. Man hätte meinen können, dass man den halben Bayerischen Wald hierher verfrachtet hatte. Die Backsteinwände waren vollständig hinter Büschen und Sträuchern verschwunden, aus denen, lichttechnisch effektvoll von den Glasschmieden in Szene gesetzt, wilde Wesen des Waldes hervorlugten. Nicht alle blickten böse und schauerlich in den Raum. Einige sahen auch vorwitzig und neugierig drein. Hoch droben an der Hallendecke kreisten Hexen auf langen Besen, ebenfalls mit Lichtspots und der aufwendigen LED-Illumination vor der dunklen Hallendecke geschickt hervorgehoben. Mit ein klein wenig Fantasie konnte man tatsächlich glauben, dass man sich in einem verwunschenen Wald aufhielt.

Valentin überlegte, wo Sara im Augenblick wohl sein mochte. Vielleicht lief sie bei heftigem Schneetreiben irgendwo am Arber herum und ärgerte sich maßlos über den sinnlosen Einsatz. Er könnte sie einfach mal anrufen. Möglicherweise hatte sie sich in irgendeinem Unterstand verkrochen, sodass sie in Ruhe das Gespräch über Petra Eschenrieder fortsetzen konnten.

Er fingerte sein Handy aus der Hosentasche und wählte ihre Nummer. Obwohl er es lange klingeln ließ, nahm sie nicht ab. Wahrscheinlich war das Telefon so tief in ihrem Rucksack vergraben, dass sie den Anruf nicht bemerkte, oder es war tatsächlich so, dass der Terrorjäger mit seinem ganzen Abhörequipment das Netz durcheinanderbrachte und für Störungen sorgte. Valentin würde es später einfach noch mal probieren.

Suchend blickte er zu den Schränken in der Bar. Das Weißbier war trinkbar, doch auf die Dauer war es ihm zu süßlich. Er brauchte etwas Herbes. Möglicherweise gab es ja doch irgendwo ein paar gekühlte Fläschchen Pils oder sogar ein ganzes Fass. Das wäre noch besser. Er erhob sich und machte sich hinter dem Tresen auf die Suche.

»Ein Plünderer aus der Großstadt«, tönte eine weibliche Stimme hinter ihm, kaum dass er seinen Kopf in einen der Schränke unter die Theke gesteckt hatte. Er richtete sich auf und stöhnte laut. Die Schmerzen in seinem Rücken wurden eher schlimmer als besser.

»Die Strafe folgt auf dem Fuße«, kommentierte Rebekka Hain sein Klagen. »Was suchst du denn?«

»Zuerst ein kühles Pils und anschließend einen Orthopäden oder eventuell sogar andersrum«, antwortete Valentin und verzog das Gesicht vor Schmerzen.

»Pils gibt's im Kühli hinten links. Das andere ist heute leider aus«, scherzte sie. »Was hast du denn?«

»Beim Abschaufeln der Schmiede bin ich vom Dach gefallen. Dabei hatte ich noch Glück und bin einigermaßen weich gelandet. Ein paar Blessuren habe ich allerdings schon abbekommen. Der ganze Rücken schmerzt und an den Schulterblättern, wo ich aufgeschlagen bin, ist es besonders schlimm.«

Rebekka, die wunderschöne schwarzhaarige Freundin von Axel, blickte ihn mitleidsvoll an. »Ich dachte eigentlich, die ursprüngliche Idee der Einladung war ein erlebnisreiches Wochenende im Wald und nicht ein Arbeitseinsatz auf dem Hausdach.«

»Erlebnisse hatte ich diese Tage tatsächlich schon zur Genüge. Vor allem das am Donnerstagabend.«

Rebekka blickte ihn fragend an und Valentin erzählte ihr, wie er zufällig Petra Eschenrieder tot auf der Bahre liegen gesehen hatte. Rebekka hatte zwar von dem Mord gehört, aber sie hatte nicht gewusst, dass Valentin dazugekommen war.

»Das Furchtbare ist, dass ich innerhalb kurzer Zeit zweimal Zeuge eines Mordes geworden bin. Ganz ehrlich, es gruselt mir langsam, wenn ich nur an den Bayerischen Wald denke.«

Sie presste die Lippen zusammen und sah ihn ernst an. »Ich glaube nicht, dass du ein Typ bist, der Unglück anzieht. Du darfst dich nicht verrückt machen lassen. Gib mir mal deine Führungshand, vielleicht sehe ich etwas.«

»Willst du mir etwa aus der Hand lesen?«, fragte Valentin. Allmählich glaubte er, im Bayerischen Wald gab es nur noch Typen, die von der Norm abwichen.

»Das hat mir eine Freundin vor langer Zeit beigebracht und es funktioniert wirklich. Jetzt gibt deine Hand her und lass mal sehen.«

Widerwillig streckte ihr Valentin seine Rechte entgegen. Er wollte sie nicht kränken, aber seiner Meinung nach grenzte das an Hokuspokus. Rebekka nahm seine Hand und blickte sie angestrengt an. Dann fuhr sie mit dem Zeigefinger die Handlinien nach. Sie wirkte sehr konzentriert, sodass Valentin sich nicht traute, etwas zu sagen. Langsam wurde ihm mulmig. Was war, wenn sie ihm nun etwas Schreckliches voraussagen würde? Würde er es glauben oder nicht? Vielleicht war ja doch ein Quäntchen Wahrheit daran, schließlich gab es diese Kunst seit Jahrtausenden. Nach einer Weile ließ sie seine Hand wieder los und er schaute sie scheu an.

»Hey, du musst doch nicht bange sein«, lachte Rebekka. »Die Sonnenlinie und die Marslinie sind bei dir stark ausgeprägt, da brauchst du dir überhaupt keine Gedanken um die Zukunft machen. Eine Sache gibt es allerdings, die dir vielleicht nicht so passt.«

»Was denn?«, fragte Valentin besorgt. In den vergangenen Minuten war ihm seine Skepsis abhanden gekommen und ihm schauderte vor einer schlechten Botschaft.

»In deinem Leben steht bald eine größere Veränderung an. Es hat etwas mit der Arbeit zu tun. Am Horizont sehe ich deutlich eine neue berufliche Herausforderung für dich. Das wird nicht einfach, aber dir über kurz oder lang viel Freude bereiten.«

Valentin fiel regelrecht ein Stein vom Herzen. Das wäre ihm jetzt beinahe zu viel geworden. Den Themen in der Arbeit war er gewachsen, da war er sich absolut sicher. Ihm graute vor allem vor gesundheitlichen oder familiären Problemen, da fühlte er sich dem Schicksal hilflos ausgeliefert. »Berufliche Sachen bekomme ich geregelt, da freue ich mich auf alle Neuigkeiten. Doch jetzt brauche ich endlich ein kühles Pils. Soll ich dir auch eines mitbringen?«

»Danke, nein. In wenigen Minuten habe ich Gesangsprobe auf der Bühne, da bleibe ich lieber bei meinem warmen Tee. Schließlich singe ich keine Rocksongs.«

KAPITEL 12

Die dicken Schneewolken waren nach Osten weitergezogen und es hatte aufgeklart. Tausende Sterne am Himmel der eiskalten Nacht ließen die schneebedeckten Hänge des Arbers glitzern. Wäre es nicht so bitterkalt, sinnierte Sara, dann ergäbe dies eine richtig romantische Szenerie. Sie hatte immer wieder von begeisterten Hobbyastronomen gehört, die von der geringen Lichtverschmutzung in dieser Ecke des Bayerischen Waldes schwärmten.

Sara war allein mit Bergschuhen und Skistöcken in Richtung Gipfel unterwegs. Die Piste war bereits für das Rennen präpariert worden und hart wie eine Teerstraße, sodass sie vorankam, ohne wirklich einzusinken. Die lieben Kollegen hatten es wieder einmal unter Zuhilfenahme diverser Ausreden vorgezogen, in der Wärme der Talstation zu bleiben. Sie sei schließlich die Leistungssportlerin und es sei gewiss ein hervorragendes Training, in der Nacht ein- oder zweimal einen längeren Wachgang zu unternehmen. Das zumindest war das offizielle Argument der Polizisten, die sich auf einen gepflegten Schafkopf ohne Frauenbeteiligung freuten. Widerwillig hatte sie schließlich unter der Voraussetzung zugestimmt, dass eine der Pistenraupen ihre Ski zur Bergstation hochbrachte. So konnte sie zumindest bei Sternenlicht die Piste hinunterfahren.

Kaum dem völlig überheizten Schafkopfraum entflohen und die ersten Schritte unterwegs hatte sie Fuchs der Terrorjäger eingeholt. Er war extra aus seinem Überwachungscontainer herausgekommen, um ihr einige zusätzliche Ausrüstungsgegenstände mitzugeben. Einer war eine klobig aussehende Brille mit Restlichtverstärker, mit der sie selbst bei Sternenlicht ihre Umgebung wie bei vollem Sonnenschein wahrnehmen konnte. Den extrem starken Halogenbrenner und ein Funkgerät nahm sie noch an, doch die Heckler & Koch HK53 verweigerte sie. Sie befanden sich hier doch nicht im Krieg, und für alle Fälle hatte sie auch noch ihre reguläre Dienstpistole dabei. Grummelnd war der Terrorjäger wieder von dannen gezogen, sodass Sara sich endlich auf den Weg zum Gipfel aufmachen konnte.

Mittlerweile hatte sie mehr als zwei Drittel der Strecke zurückgelegt. Für ihre Verhältnisse war sie langsam unterwegs, weil sie mit allen Sinnen den einsamen Anstieg unter dem Sternenhimmel genießen wollte. Nun befand sie sich kurz vor dem Bärenfelsen in dessen Nähe dieses Jahr der Start des Rennens stattfinden sollte. Etwas weiter oberhalb ragte die Silhouette der Eisensteiner Hütte in den Nachthimmel, wo der Pistenraupenfahrer hoffentlich ihre Skier deponiert hatte. Trotz des Sternenlichts und des glitzernden Schnees war es im Schatten der großen Bäume, die rechts und links von der Piste standen, nicht allzu hell. Sie entschied sich, die Restlichtverstärkerbrille auszuprobieren. Eventuell würde sie damit sogar anschließend mit guter Sicht ins Tal wedeln. Sie kramte die Brille aus der Hüfttasche, setzte sie auf und drückte seitlich auf eine Taste. Nach der Aktivierung sah sie die Umgebung deutlich in grünschwarzen Farben. Das vorhandene Licht reichte bei Weitem aus, um sogar Einzelheiten zwischen den Bäumen zu erkennen. Sie experimentierte mit den Einstellknöpfen und plötzlich befand sich ein Farbbild vor ihren Augen. »Das hätte er mir auch sagen können«, murmelte Sara leise vor sich hin. Sie konnte die Brille sogar auf Wärmedetektion umschalten. Neugierig besah sie sich die Umgebung.

Die Wärmebildwelt um sie herum war angesichts der Kälte vollständig in dunklen Blautönen gehalten. Der Wald rechts und links der Piste war tiefschwarz und etwas Rotes als Zeichen von höherer Temperatur konnte sie überhaupt nicht erkennen. Schönes Spielzeug fand sie, doch bei der Abfahrt würde sie wieder auf Restlichtverstärkung umschalten, da die Piste für die Wärmeerkennung offenkundig zu wenig Kontrast bot.

Das Telefon in ihrer Jackentasche vibrierte und sie fummelte es mit den Handschuhen umständlich heraus. Auf dem Display sah sie mehrere vergebliche Anrufe von Valentin, die ihr wohl beim Hochgehen entgangen waren. Sara wählte seine Nummer. Bereits nach dem zweiten Klingelton nahm er ab.

»Wo steckst du denn? Ich habe dich schon einige Male zu erreichen versucht.«

»Ich bin den Arber hoch unterwegs in Richtung Eisensteiner Hütte. Sobald ich angekommen bin, schnappe ich mir die dort deponierten Skier und werde dann unter einem wunderbaren Sternenhimmel eine bereits für das Rennen perfekt präparierte Piste hinunterfahren«, schwärmte sie ihm vor. »Gell, da bist du jetzt neidisch.«

»Du hast es schön. Ich sitze hier sinnlos bei der Generalprobe herum. Es herrscht zwar die totale Hektik, doch für mich ist nichts zu tun. Da dachte ich mir, ich melde mich bei dir. Hast du eigentlich bei der Eintragung ins Goldene Buch von den Rennläuferinnen über unser Gespräch hinaus noch Weiteres erfahren?«

Während sie mit Valentin telefonierte, blickte sie sich um. Nur ein kleines Stückchen oberhalb von ihr, direkt neben dem Startbereich, bewegte sich ein winziger rötlicher Fleck. Vermutlich irgendein Tier, überlegte sie. Es könnte ein Reh oder ein Hirsch sein. Wildschweine kommen im Winter nicht so weit den Berg hoch. Für einen Jäger musste so eine Wärmebildkamera grandios sein. Sie sah interessiert in die Richtung und drehte an den Einstellrädern an der Seite der Brille. Komisch, dachte sie, was war denn das für ein Reh? Dem fehlten doch zwei Beine.

»Das verstehe ich nicht«, murmelte sie ins Telefon.

»Was ist denn bei dir los?«, krähte es zurück. »Du hörst mir gar nicht zu.«

»Sei still«, flüsterte sie, »hier geschieht gerade etwas Seltsames.« Sie nahm das Telefon vom Ohr, ging langsam bergan und blickte konzentriert den Berg hoch. Das war sicher kein Tier, überlegte sie, das war ein Mensch, der mit irgendetwas am Startbereich hantierte. Sie ging schneller und versuchte zu erspähen, was er dort machte. Direkt neben der Person befand sich eine große rechteckige Kiste. Vermutlich ein Schaltschrank für die Kabel. Diese waren neben der Rennstrecke für die Fernsehübertragung als dicke Bündel verlegt.

Als sie etwa 50 Meter vom Startbereich entfernt war, hielt sie das Telefon wieder ans Ohr. Sie hörte einen ungeduldigen Valentin.

»Jetzt sag schon endlich, was ist los?«

»Das weiß ich nicht genau. Im Startbereich steht jemand an einem der Schaltschränke. Um diese Zeit hat da keiner etwas zu suchen. Ich schaue mir den Typen mal genauer an.«

»Es könnte auch ein Fernsehmensch sein. Die sind oft zu unkonventionellen Zeiten aktiv. Pass aber auf jeden Fall auf.«

»Brauchst keine Angst zu haben. Ich habe ja den Überraschungseffekt und außerdem die Pistole bei mir.«

»Erzähl, was passiert bei dir?«

»Jetzt sei doch mal still«, zischte sie ins Telefon. Sie schlich weiter den Hang hoch und der Unbekannte wurde im Wärmespektrum deutlich sichtbar. In den Händen hielt er ein dunkles Päckchen in Schuhkartongröße. Er legte es vorsichtig auf den Schaltschrank und fummelte an den Taschen seiner Jacke herum. Dann blickte er kurz in Saras Richtung. Seine Bewegung erstarb. Mit einem Ruck zog er den Reißverschluss der Jackentasche wieder zu und ergriff das Päckchen.

»Verdammt«, presste sie durch die Zähne. Er musste sie entdeckt haben. Bei dem geringen Abstand sollte er mir nicht entkommen, dachte sie und setzte zu einem Spurt an. Sie rutschte auf der vereisten Fläche aus und landete auf allen vieren. Sara fluchte, konnte sich jedoch schnell wieder aufrappeln. Kaum auf den Beinen blickte sie als Erstes zu der Person den Hang hoch. Diese hatte sich mittlerweile abgewandt und war nun mit schnellen Schritten in Richtung des nahe gelegenen Waldes unterwegs. Trotzdem konnte ihr der Unbekannte nicht entkommen, sie würde ihn auf jeden Fall stellen, bevor er zwischen die Bäume entschwunden war.

Ein blendend weißes Licht strahlte ihr in die Augen. »Scheiße«, schrie sie und riss sich die Brille vom Kopf. Doch die Helligkeit wurde ohne Brille noch stärker. Entsetzt schloss sie die Augen und hielt sich die Hände schützend davor. Blitzschnell rollte sie einige Meter die Piste hinab. Dann zog sie die Pistole aus dem Holster und lud sie durch. Sie wusste nicht, mit wem sie es zu tun hatte, und wollte auf alles vorbereitet sein. Hätte sie doch die Heckler & Koch mitgenommen. Das wäre die ideale Waffe für ein Feuergefecht in dieser Situation gewesen. Mit ihrer 9-Millimeter-Pistole müsste sie auf diese Entfernung schon sehr genau zielen, um den Attentäter zu erwischen. Sie erwartete das harte Knallen von Schüssen, doch nichts drang an ihre Ohren. Vielleicht suchte der Osserriese das Weite und wollte sich nicht auf einen Kampf oder einen Schusswechsel einlassen.

Sie öffnete vorsichtig die Augen und versuchte ihre Umgebung wieder wahrzunehmen. Vor ihr tanzten helle Schemen, die auf die Blendung durch grelles Licht zurückzuführen waren. Vielleicht half ihr die Brille, überlegte sie. Glücklicherweise hatte sie diese nicht verloren. Sie baumelte immer noch an dem Riemen um ihren Hals. Sara setzte die Brille wieder auf und drehte die Helligkeit und den Kontrast voll auf. Langsam konnte sie die Piste und den nahen Wald wieder erkennen, wenn auch nur undeutlich.

Vorsichtig spähte sie zum hellrot glühenden Anschlusskasten. Doch der Osserriese war verschwunden. Links davon blinkte kurz ein roter Punkt, der sich in Richtung Waldrand bewegte. Also war er auf der Flucht. Er würde ihr nicht entkommen, dachte sie wutentbrannt und rappelte sich hoch.

Immer noch halb blind stapfte sie bergan in Richtung Wald. Kurz davor hörte die präparierte Piste auf und der Naturschnee begann. Postwendend sank sie mehr als knietief ein und kam praktisch nicht mehr voran. Sie fluchte und sah in Richtung des flüchtenden Osserriesen. Er musste die Aktion offenbar sehr gut geplant haben, denn er trabte im Tiefschnee mit gleicher Geschwindigkeit wie vorher auf der Piste weiter. Obwohl sie es nicht erkannte, ging Sara davon aus, dass er Schneeschuhe an den Füßen trug. Hoffentlich war der Schnee im Wald niedriger, fuhr es ihr durch den Kopf, dann konnte sie den Vorsprung vielleicht verkürzen.

Sie kämpfte sich weiter durch den tiefen Schnee und erreichte die Bäume. Wie vermutet, hatte sich dort längst nicht so viel Schnee aufgetürmt. Doch an ein schnelles Vorankommen war nicht zu denken. Sara sah den roten Punkt immer kleiner werden, bis er endgültig zwischen den dunklen Bäumen verschwand.

»Verdammt, verdammt«, schimpfte sie und blieb stehen. Wenn sie die Tourenskier dabeigehabt hätte, wäre es ein Leichtes gewesen, ihn einzuholen. Doch mit den Bergstiefeln hatte sie keine Chance. Nun war er auch noch in Richtung Seewand unterwegs und selbst mit ihrer Restlichtverstärkerbrille konnte sie ihn ohne genaue Ortskenntnis nicht weiterverfolgen. Das Risiko, mitten in der Nacht in der steilen Felswand abzustürzen, war zu hoch. Sie blickte sich um. Als der Unbekannte die Blendgranate gezündet hatte, hatte sie ihre Skistöcke verloren, und auch das Handy lag draußen auf der Piste. Der war mit allen Wassern gewaschen und schien auf alles vorbereitet zu sein, begriff sie. Sara überlegte. Der Osserriese hatte sicher irgendwo ein Auto stehen, zu dem er nun mit den Schneeschuhen unterwegs war. Selbst mit Allradantrieb und Ketten waren bei den aktuellen Schneeverhältnissen nur wenige Straßen passierbar. Wenn sie ihre Kollegen verständigte und diese die zwei oder drei infrage kommenden Straßen sperrten, dann gab es zumindest den Hauch einer Chance den Attentäter zu erwischen. Sie kramte das Funkgerät aus der Gürteltasche und drückte die Ruftaste.

KAPITEL 13

Die frisch gebackenen Semmeln verströmten einen wunderbaren Duft in der Stube der Glasschmiede. Richard richtete für das Frühstück weitere Köstlichkeiten auf dem großen Tisch an. Schinken aus Italien, Ziegenkäse aus Frankreich und ein großes Glas selbst gemachter Powidl, eine typische niederbayerische Zwetschgenmarmelade.

Das alles erblickte Valentin beim Betreten des Raumes, doch kam in ihm keinerlei Freude auf. Wieder einmal hatte er eine üble Nacht hinter sich. Diesmal waren es gleich zwei Dinge gewesen, die ihm den Schlaf vergällten. Die stärker werdenden Rückenschmerzen und die Sorge um Sara. Immer wieder hatte er sie in der Nacht angerufen, doch sie nahm nicht ab. Er tröstete sich damit, dass sie das Telefon vielleicht verloren hatte oder es nicht mehr richtig funktionierte oder der Akku leer war. Doch so ganz konnte er seine Ängste nicht verdrängen.

»Hat sie sich schon gemeldet?«, fragte Axel und blickte ihn ernst an. Valentin schüttelte nur den Kopf und setzte sich mit sorgenvollem Gesicht an den Tisch.

»Jetzt frühstücke zuerst einmal anständig mit uns und dann schauen wir weiter«, schlug Richard vor und stellte vor ihm eine Bol mit Milchkaffee auf den Tisch. »Was sagt eigentlich die Polizei?«

»Dass sie keinerlei Auskünfte über Kollegen gibt. Ich habe es schon mehrmals probiert, aber die sind da ganz strikt.«

»Saublöd«, meinte Axel und kratzte sich am Kopf. »Lass mich mal überlegen, wen wir bei der Truppe kennen. Vielleicht lässt sich da ein inoffizieller Weg einschlagen.«

»Ich hoffe nur, dass dieser Osserriese wirklich harmlos ist«, sagte Valentin, »und nicht so ein irrer Typ, der sonst was macht.«

»Bisher waren das keine schlimmen Sachen«, versuchte Axel zu beruhigen. »Das sieht mir alles nach mehr oder weniger besseren Schülerstreichen aus. Mit Terrorismus hat das rein gar nichts zu tun. Das blasen nur einige Leute groß auf. Du weißt doch, wie so etwas in diesen Zeiten läuft.«

Richard legte vor Valentin ein Packen alter Zeitungen auf den Tisch. »Die habe ich gestern Abend nach unserem Gespräch bei der Heimfahrt zusammengesucht. Ist eigentlich Einwickelpapier für unsere Glasobjekte. Die Artikel sind alle über die Untaten des Osserriesen. Und nicht alle sind von Jo. Ich glaube, der Osserriese ist jemand, der seine Ideale verteidigt, und kein wirklich böser Mensch.«

»Ich glaube im Übrigen nicht, dass es sich um eine Einzelperson handelt«, ergänzte Axel, »dazu sind manche Taten logistisch viel zu aufwendig. Da arbeiten definitiv mehrere Leute zusammen.«

Valentin blickte nachdenklich in seine Bol. Eigentlich war ihm völlig egal, ob es mehrere Idealisten waren oder ein Einzelner. Er machte sich vor allem um Sara Sorgen. Gleich nach dem Frühstück wollte er nach Zwiesel zur Polizei fahren. Sollte er da keine Auskunft bekommen, würde er sich am Arber diesen Terrorjäger schnappen. Es konnte doch nicht sein, dass jemand verschwand und sich niemand dafür interessierte. Nachdem er diesen Entschluss gefasst und ein Ziel vor Augen hatte, fühlte er sich von einer kleinen Last befreit.

Freilich machte ihm Sara einen Strich durch die Rechnung, denn unmittelbar nach seinem Entschluss klingelte das Telefon.

»Hi, Valentin«, hörte er völlig überrascht am anderen Ende der Leitung ihre Stimme, »tut mir schrecklich leid wegen heute Nacht. Es war ein echter Notfall und ging leider nicht anders. Mir ist nichts passiert und eigentlich brauche ich dich so schnell wie möglich hier am Berg.«

Valentin starrte sprachlos auf das Telefon in seiner Hand. Seit Stunden machte er sich ernsthafte Sorgen und sie tat, als sei nichts gewesen. Was sollte denn das?

Sara interpretierte sein Schweigen richtig und fuhr fort: »Bitte sei mir nicht böse. Mir passiert schon nichts. Das weißt du doch. Du musst sofort herkommen. Ziehe bitte vernünftige Schuhe an und wenn deine Kumpels Schneeschuhe haben, kannst du die gleich mitnehmen.«

Valentin war immer noch fassungslos und brachte nur

eine kurze Zustimmung hervor. Dann hatte Sara die Verbindung auch schon unterbrochen.

»Was ist los, du bist ja ganz weiß geworden? War das Sara? Ist ihr etwas zugestoßen?«, fragte Richard.

Valentin schüttelte nur den Kopf und zog die Stirn in Falten. »Sie ist gesund und vor allem sehr munter«, murmelte er. »Könnt ihr mir eigentlich Schneeschuhe leihen?«

Diesmal wollte Valentin nicht den Unimog nehmen, sondern bevorzugte den schnelleren Fahrdienst des Skiveranstalters. Bereits kurze Zeit nach Valentins Telefonat stand ein neuer Geländewagen einer süddeutschen Premiummarke brummend vor der Glasschmiede. Axel und Richard blickten ziemlich überrascht aus dem Fenster. Unterdessen verstaute Valentin die Schneeschuhe im Kofferraum.

Während sie den verschneiten Weg durch den Wald zur Teerstraße hochfuhren, erzählte ihm der Fahrer von den technischen Raffinessen des Gefährts und der enormen Geländegängigkeit. Valentin war tief beeindruckt, denn er hatte anfangs durchaus Zweifel gehabt, ob die Idee mit dem Fahrdienst bei den herrschenden Straßenverhältnissen wirklich gut war. Diesen Fahrzeugtyp würde er sich auf jeden Fall merken, falls er irgendwann wieder einmal eine Anstellung mit Dienstwagen bekam, dachte er bei sich. Weniger als eine halbe Stunde später erreichten sie die Talstation der Arber-Sesselbahn. Bis hinauf zum Gipfel sah man das orange Blitzen der Drehspiegelleuchten an den Pistenraupen. Diese vollendeten die Präparation des steilen Hanges für das bevorstehende Rennen. Eines der großen Pistenfahrzeuge wartete allerdings mit laufendem Motor neben der Talstation. Sara stand in voller Ausrüstung auf der Ladefläche und schwenkte die Arme.

Einige Augenblick später schwang sich Valentin ächzend auf das Fahrzeug und packe Sara glücklich an der Schulter. »Mensch, wie ich mich freue dich wohlbehalten zu sehen.«

»Musst dir doch keine Sorgen machen, Unkraut vergeht nicht so schnell«, lachte sie ihn an.

Valentin fasste noch mal verwundert an ihre Schulter und versuchte vergebens, diese zusammenzupressen.

»Hast du etwa einen Verband? Das ist alles ganz hart.«

»Dann würde ich jetzt vermutlich laut schreien, so fest wie du zudrückst. Das ist nur die Schutzweste, die ich unter dem Anorak trage. Falls der Osserriese immer noch im Wald herumstromert.«

»Aha«, sagte Valentin bedächtig und blickte sie nachdenklich an. »Und für was ist das da gut?« Er deutete auf die umgehängte Maschinenpistole.

»Das ist eine modifizierte HK53 mit angebauter 40-Millimeter-Granatpistole und Ziellaser«, sagte sie mit spürbarem Stolz in der Stimme. »Die Mannstoppwirkung ist um ein Vielfaches höher als bei meinen Biathlonwaffen. Ich habe das Teil freilich nur zum Eigenschutz dabei, und es ist eigentlich nur unnötiger Ballast. Sozusagen, um mich fit zu halten.«

»Ach, wenn das so ist«, sagte Valentin treuherzig und grinste süffisant. »Es freut mich, wenn unsere Polizei so gut ausgerüstet ist. Ich hoffe, du hast auch noch eine Stopp-Kelle im Rucksack, falls wir einen Raser anhalten müssen.«

»Die habe ich doch glatt vergessen«, alberte Sara zurück. »Aber für Notfälle befinden sich im Rucksack noch allerhand nützliche Utensilien. Die HK ist übrigens etwas ganz Spezielles. Solche hochgerüsteten Teile hat nicht mal die Bundeswehr.«

»Dann frage ich besser nicht nach, wo genau die Kanone her ist. Was ist denn nun heute Nacht passiert?«

»Halt dich da vorn an der Stange fest, wir fahren hoch zum Bärenfelsen. Unterdessen erzähle ich dir die Geschichte.« Sie klopfte mit der flachen Hand zweimal auf die Fahrerkabine und mit lautem Brummen setzte sich die Pistenraupe in Bewegung. Anfangs ging es noch recht gemütlich bergan, doch bald beschleunigte der Fahrer und sie rasten regelrecht den steilen Hang hinauf. Schnee stob in alle Richtungen davon und sie mussten sich mit ganzer Kraft an dem Überrollbügel festkrallen, um nicht abgeworfen zu werden. Valentin spürte seine Verletzung, doch durfte er keinen Augenblick loslassen, um seine Schulter zu entlasten. Der Motor röhrte unglaublich laut, und Sara versuchte, ihn mit ihrer Stimme zu übertönen, um Valentin die nächtlichen Erlebnisse zu schildern.

Bereits nach wenigen Minuten waren sie am Ziel und Sara sprang behände von der Ladefläche. Valentin hingegen stieg eher gemächlich hinunter. Die Pistenraupe fuhr wieder gen Tal und sie befestigten die Schneeschuhe.

»Wodurch kam eigentlich das grelle Licht zustande?«, fragte Valentin, als sie die kurze Strecke in Richtung Tatort gingen.

»Zuerst dachte ich an eine Blendgranate. Da habe ich es dann mit der Angst zu tun bekommen. Wer solche Dinger einsetzt, der hat noch ganz andere Sachen in petto. Aber ich lag mit meiner Vermutung daneben.«

»Was war es dann? Ein starker Scheinwerfer?«

»Iwo«, wehrte sie ab, »der Osserriese hat eine Thermitladung gezündet. Diese wird über 2.000 Grad heiß und leuchtet extrem hell. Mit einer Wärmebildkamera vor den Augen siehst du dann gar nichts mehr. Die Ladung war für den Schaltschrank mit den ganzen Kabeln gedacht. Als er mich entdeckt hat, hat er kurzerhand den Zünder betätigt. Die Blendwirkung war vermutlich ein unbeabsichtigter Nebeneffekt. Er wollte wohl auf die Schnelle noch die Kabel für die Fernsehübertragung zerstören.«

»Wie hast du das so schnell herausgefunden? Thermit klingt mir nicht gerade nach Chemiebaukasten für Grundschüler.«

»Der Fuchs und ich haben den Tatort noch in der Nacht untersucht. Er hat enorm viel Erfahrung mit Spreng- und Brandstoffen. Thermit kannst du dir mit Eisenoxid und Aluminiumspänen ganz easy selbst herstellen. Das Zeug wird seit über 100 Jahren zum Schweißen von Eisenbahnschienen benutzt. Ist gar nichts Besonderes und alle Zutaten gibt's im Baumarkt.«

Mittlerweile waren sie bei dem besagten Schaltschrank angelangt. Der Kunststoff war an einer Seite aufgrund der enormen Hitze geschmolzen und hatte Blasen geworfen. Die vom Schaltschrank wegführenden Kabel machten noch einen recht gut erhaltenen Eindruck.

»Sieht mir ja nicht nach totaler Zerstörung aus«, bemerkte Valentin und umrundete neugierig den Kasten.

»Wir haben definitiv Glück gehabt. Nur fünf Minuten später und er hätte den Schrank aufgebrochen und die Thermitladung inmitten der ganzen Kabelverbindungen platziert. Da wäre es dann morgen mit der Live-Übertragung des Skirennens nichts mehr gewesen.«

Valentin blickte sich um. »Eines verstehe ich jetzt aber nicht. Warum sind wir beide ganz allein hier? Bei den Krimis im Fernsehen gibt es doch immer eine Menge Leute, die den Tatort untersuchen. Sind die alle schon weg?«

Sara zögerte etwas mit ihrer Antwort und sah betreten zu Boden. »Es gibt in diesem Fall keine Spurensicherung und auch sonst keine größeren Ermittlungen.«

Valentin blickte sie verwundert an und hob fragend die Augenbrauen.

»Nachdem ich den Osserriesen irgendwo kurz vor der Seewand verloren hatte und den Fuchs per Funk erreicht habe, wollte er sofort das ganz große Besteck auspacken. Genauso wie man es sich vorstellt, mit Hubschrauber, Straßensperren und jeder Menge SEK-Leuten. Doch kaum hatte er richtig losgelegt, wurde er zurückgepfiffen. Man konnte seine Stimme voller Zorn durch die Wände des Containers brüllen hören.«

»Das Skirennen, oder?«

»Gut kombiniert. Die Argumentation geht in die Richtung, dass nichts Schlimmes passiert ist und man negative Schlagzeilen unbedingt vermeiden möchte.«

»Deshalb bist du jetzt mit mir als Hilfssheriff unterwegs. Sollte da nicht zumindest dein Terrorjäger ebenso dabei sein?«

»Der erklärte mir bedeutungsschwanger: ›Wer Wind sät, wird Sturm ernten‹, und ist dann voller Adrenalin im Blut in die Kommunikationsecke des Containers gestürmt. Dort versucht er immer noch wutentbrannt Verstärkung zu organisieren. Ganz ehrlich, ich weiß nicht, ob es uns hilft, wenn seine Forderung durchgeht.«

»Na dann viel Glück. Wie geht es nun mit uns beiden weiter?«

»Seit dem Anschlag hat es nicht mehr geschneit und die Wettervorhersage prophezeit bis Mittag keinen weiteren Schnee. Wir versuchen, die Spur wieder aufzunehmen und herauszufinden, wohin der Osserriese entschwunden ist.«

»Bringt es das wirklich?«, wandte Valentin ein. »Er wird vor dem Anschlag irgendwo im Arbergebiet sein Auto geparkt haben. Zudem ist er nach dem Anschlug quer durch den Wald geflüchtet. Ich kann mir nicht vorstellen, dass wir da noch was entdecken.«

»Lass es uns zumindest versuchen. Vielleicht finden wir ja doch noch einen Hinweis und ein wenig Bewegung schadet dir sicher nicht.«

»Sag das mal meinem Rücken, der würde sich am liebsten irgendwo entspannen.«

»Nichts da«, bestimmte Sara und ergänzte deutlich zurückhaltender: »Ich gehe vor. Bleib immer hinter mir, nur für den Fall, dass unser Freund noch unterwegs ist.«

KAPITEL 14

Abseits der präparierten Piste war die Spur des Osserriesen im Wald deutlich sichtbar. Wie vermutet hatte er Schneeschuhe getragen. So war er nicht eingesunken und schnell vorangekommen. Nach wenigen hundert Metern bestätigte sich Saras Entscheidung, die Verfolgung in der Nacht aufgegeben zu haben. Der Osserriese war in die Arberseewand eingestiegen. Offenkundig musste er hervorragende Ortskenntnisse besitzen. Die bewaldete steile Felswand bildete den westlichen Abschluss des Arbersees und war selbst im Sommer schwierig zu begehen. Zugeschneit und mitten in der Nacht wäre das Risiko, in die Tiefe zu stürzen, enorm hoch gewesen.

Vorsichtig spürten Valentin und Sara der Fährte nach. Etwa in der Mitte der Felswand machte sie eine Kehrtwende und führte nach einigen weiteren Kehren schlussendlich talwärts. In vielen Serpentinen verfolgten sie die Abdrücke in Richtung Arbersee. Sie kamen an einer Futterstelle für Rehe vorbei und kreuzten mehrere zugeschneite Waldwege. Schließlich wurde ihnen klar, wohin die Spur führte.

Das Skilandesleistungszentrum war im Winter einer der wichtigsten Trainingsplätze für die deutschen Biathleten. Zum Wald gewandt gab es einen 50 Meter langen Schießstand mit 30 parallelen Bahnen. Daneben befand sich eine Halle in Holzbauweise, deren Frontseite mit vielen bunten Plakaten verunziert war. Sogar der hiesige Standort der Bundeswehr versuchte auf diese Weise Werbung für sein Anliegen zu machen. Südlich von dem weitläufigen Gelände befand sich der zugefrorene Arbersee mit der berüchtigten Seewand.

Ein massiver Erdwall mit einer Durchfahrt trennte die Sportstätte von der Arberseestraße, die in Verlängerung zur Talstation der Seilbahn führte. Seitlich an der Straße lag ein großer Parkplatz, der heute völlig verwaist war. Valentin und Sara standen am Rand und blickten hilflos auf die frisch geräumte Fläche. Hier endete die Spur des Osserriesen.

»Tja«, sagte Valentin, »jetzt stellt sich die Frage, ob er hier sein Auto abgestellt hat. Es wäre auch denkbar, dass er ein Stück die Straße entlanggegangen ist, um anschließend weiter durch den Wald zu flüchten.«

»Verdammt«, entfuhr es Sara, »jetzt haben wir den halben Tag vertan und nichts herausgefunden. Selbst wenn wir nun links und rechts den Straßenrand absuchen, dann glaube ich nicht, dass wir die Fährte wiederaufnehmen.«

»Du hast recht. Hier ist immer einiges los und sicher sind bereits zu viele Leute über den Schnee getrampelt. Wenn er schlau ist, dann hat er die Schneeschuhe abgenommen und ist die ersten Meter nur mit seinen Winterschuhen in den Wald gestapft. Anschließend ist er mit den Schneeschuhen weiter zu seinem Ziel marschiert. Es gibt hier beiderseits der Straße viel zu viele Spuren.«

»Abbruch«, murmelte Sara enttäuscht und presste die Lippen zusammen.

»Gehen wir durch den Wald zurück oder soll ich den Fahrservice rufen? Ganz ehrlich, Letzteres wäre mir lieber. Meinem Rücken hat die Tour überhaupt nicht gutgetan.«

Sara stand still an der Straße und Valentin sah ihr an, wie sie versuchte, alle Möglichkeiten durchzuspielen. Sie drehte sich mit einem Ruck zu Valentin. »Ich gebe noch nicht auf. Wir gehen jetzt den Weg bis zum Bärenfelsen hoch. Vielleicht hat er bei der Flucht in der Nacht etwas verloren oder wir finden doch noch einen Hinweis. Wenn es dein Kreuz irgendwie zulässt, dann komm bitte mit, vier Augen sehen mehr als zwei.«

Valentin stöhnte leise auf. »Da habe ich dann aber wirklich etwas gut bei dir. Ich werde dich beizeiten daran erinnern.«

»Dazu habe ich schon eine gute Idee. Du darfst heute Abend in der Rauhnacht ganz oft mit mir tanzen.« Sara strahlte ihn übertrieben an, während Valentin postwendend die Augen verdrehte.

Den Weg zurück kamen sie deutlich langsamer voran. Das lag an Valentin, sein Rücken plagte ihn immer mehr. Er jammerte zwar nicht, doch Sara merkte an seinem steifen Gang, dass ihm die Schneeschuhtour zunehmend schwerer fiel. Als sie das steilste Stück der Seewand hinter sich gebracht hatten und den Wildtierfutterplatz erreichten, forderte Valentin eine Pause. Sie setzten sich auf den

Futtertrog. Der Schnee in der Umgebung war von den Wildtieren niedergetrampelt.

»Ich glaube, wir sind in dem Teil der Seewand, in der damals die beiden Düsenjäger abgestürzt sind. Kennst du die Geschichte?«

Sara schüttelte den Kopf und guckte ihn fragend an.

»Zur Zeit des Kalten Krieges haben immer wieder Militärflugzeuge aus dem Osten die Grenze überflogen. Ob es dabei um Aufklärung oder um die Prüfung der Gegenmaßnahmen ging, hat das gemeine Volk nie erfahren. Jedenfalls donnerten sie durchweg im extremen Tiefflug über die Gegend. Das ging damals nicht computergesteuert wie heute, sondern war echte Handarbeit der Piloten. Anfang der 60er-Jahre sind dann wieder einmal zwei Flugzeuge über die Wälder gerast.«

»Dabei ist etwas schiefgegangen.«

»Du hast es erraten«, bestätigte Valentin. »Sie haben das Radar unterflogen und müssen hier in der Gegend in die Wolken geraten sein. Unmittelbar hinter den Wolken ragte die Seewand in die Höhe. Genau da sind sie mit voller Geschwindigkeit hineingerast. Die Bäume wurden damals von den Flügeln wie mit einem Messer abgeschnitten.«

»Sind sie mit dem Schleudersitz noch herausgekommen?«

»Es ging viel zu schnell, die beiden Piloten waren sofort tot. Aus der Wolke raus, ein paar Bäume abrasiert und dann kam schon die Wand.« Valentin untermalte seine Worte mit Gesten. Er imitierte mit dem Arm einen heranrasenden Kampfjet, der nicht mehr ausweichen konnte und gegen die andere Hand prallte. Dabei fiel sein Blick nach oben in die umstehenden Fichten. Er hielt plötzlich inne und starrte einen Baum an.

»Ist was?«

»Es könnte sein, dass sich der Rückweg doch noch gelohnt hat.«

»Warum denn?«

»Schau mal, was da oben an den Baum geschraubt ist. Selbst in der Wildnis befinden sich heutzutage die Segnungen moderner Technik.«

»Ich kapiere immer noch nicht, auf was du hinauswillst«, sagte Sara. Inzwischen war sie aufgestanden und schaute interessiert in die Höhe.

»Da oben hat jemand eine Wildkamera montiert. Mit etwas Glück hat sie in der letzten Nacht den Osserriesen erwischt. Fragt sich jetzt bloß, wie wir da rankommen?«

Die olivgrüne Kamera war diebstahlsicher in zirka vier Meter Höhe an den Baum geschraubt. Ohne Leiter war sie nicht zu erreichen.

»Zumindest dieses Problem ist lösbar«, sagte Sara zuversichtlich und nahm ihren Rucksack ab. Einen Augenblick später zog sie ein Seil und einige Karabiner hervor. »Das mit der falschen Ausrüstung passiert mir kein zweites Mal.« Geschickt knotete sie aus dem Seil und den Karabinern einen provisorischen Klettergurt mit mehrfacher Schlinge, die sie um den Baum legte.

Dann erklomm sie behände den glatten Stamm bis zur Kamera. Vorn lugten die Linse eines Objektivs hervor und daneben die milchig weiße Kuppel eines Bewegungsmelders. Seitlich befand sich eine gummiarmierte Klappe für die Speicherkarte. Sara bekam sie ohne große Fummelei heraus. Wenige Augenblicke später stand sie freudestrahlend wieder neben Valentin. »So machen das die Profis«, grinste sie.

»Respekt«, sagte er mit Stolz in der Stimme. »Gut gemacht. Wenn der Osserriese wirklich den Bewegungsmelder ausgelöst hat und wenn er dabei auch noch etwas nach oben geblickt hat und wenn die Kamera auch noch lichtempfindlich genug ist und wenn auch noch genügend freier Speicher vorhanden war und wenn die Batterie nicht leer war, dann können wir die Identität unserer Sagengestalt ermitteln.«

»Da bin ich mir aber nun ganz sicher, dass alle diese Wenns zu unserem Vorteil ausgehen«, meinte Sara und packte Ausrüstung und Speicherkarte in ihren Rucksack. »Jetzt müssen wir nicht mehr bis zum Bärenfelsen hoch. Wir kürzen ab. An der Talstation lässt du dich mit dem Fahrservice in die Au zurückbringen und ich kümmere mich derweil um die Bilder auf der Karte.«

»Da wäre ich gerne dabei. Ich muss mich eine Zeit lang irgendwo flach hinlegen. Am besten auf einen harten Fußboden«, antwortete Valentin. »Du musst mir auf alle Fälle Bescheid geben, sobald du etwas herausfindest.«

KAPITEL 15

Sie waren innerhalb kurzer Zeit zur Talstation der Gondelbahn zurückgekehrt. Valentin hatte mittlerweile sehr starke Schmerzen. Man sah ihm seine Erleichterung deutlich an, als er schließlich im Fond des Geländewagens saß und mit diesem Richtung Tal fuhr.

Sara schlenderte nachdenklich zum Container. Sie wollte zuerst ihre Ausrüstung verstauen und anschließend zu ihrem Haus nach Zwiesel fahren. Auf halbem Weg piepste das Funkgerät. Der Terrorjäger Manfred Fuchs meldete sich. Den Hintergrundgeräuschen nach befand er sich an einem Ort mit vielen Menschen.

»Frau Lillem, ich habe vor wenigen Minuten aufschlussreiche Informationen von einem V-Mann erhalten. Das Folgende müssen Sie umgehend wissen und vor allem beachten. Ich gehe davon aus, dass Sie immer noch auf Streife sind.«

Sara hoffte, dass Fuchs mit seinen Erkenntnissen nicht die eben entdeckte Fütterungsstelle meinte. »Was haben Sie denn herausgefunden?«

»Gut, dass dies eine verschlüsselte Verbindung ist, denn das ist selbstverständlich streng vertraulich. Mein Informant teilte mir mit, dass mittlerweile einschlägig bekannte Anarchisten versuchen, einen Kontakt mit dem sogenannten Osserriesen herzustellen. Sie wollen sich mit ihm solidarisieren und ihn bei seinen Anschlägen unterstützen. Es ist ein absoluter No-Brainer, dass wir nun von einer ganz anderen Dimension sprechen.«

»Wissen Sie Genaueres? Um welche Typen handelt es sich? Kennen Sie Namen?«

»Das ist mir alles noch unbekannt, doch ich sage Ihnen eines: Wer das Schwert nimmt, der soll durch das Schwert umkommen. Sie werden in Zukunft keinen Schritt mehr machen ohne entsprechende aktive und passive Schutzausrüstung. Das ist eine dienstliche Anweisung.«

»Ich habe meine Lektion gelernt, unter meiner Jacke trage ich eine Weste mit ballistischen Schutzeinlagen der Klasse vier. Allerdings fühle ich mich dabei wie das Michelin-Männchen.«

»No pain, no gain. Achten Sie auch auf die aktive Ausrüstung. Da kann jetzt ganz schnell ganz viel Dreck auf uns zukommen. Ich muss aufhören.« Er unterbrach die Verbindung ohne Gruß und hinterließ eine nachdenkliche Sara. Falls seine Informationen korrekt waren, dann könnte das hier wirklich eine andere Größenordnung erreichen, überlegte sie. Vielleicht käme ja der Kontakt nicht zustande oder sie hatten Glück mit der Speicherkarte und konnten die Situation noch in den Griff bekommen. Sara war zuversichtlich.

Langsam ging sie in Richtung Zielraum, an dessen linker Seite sich das provisorische Lager von Fuchs befand. Direkt am oberen Ende der schneebedeckten Fläche stand eine Holzhütte. Dies war die Messstation, die eine Menge teurer Gerätschaften beherbergte und in der alle Daten zu Zeit und Geschwindigkeit der auf der Strecke verteilten Sensoren zusammenliefen. Von hier aus wurden den Fernsehsendern und Journalisten die aufbereiteten Daten des Skirennens zur Verfügung gestellt. Seitlich der Hütte waren mehrere graue Verteilerkästen montiert, in denen die Leitungsbündel zusammenliefen. Eigentlich wäre dies der ideale Platz für den Anschlag gewesen, dachte Sara, doch wahrscheinlich war dem Osserriesen das Risiko, erwischt zu werden, hier zu hoch gewesen. Immerhin befand sich im unmittelbaren Umkreis die Garagen für die Pistenraupen und die Talstation der Gondelbahn.

Als sie in Richtung des Containers abbiegen wollte, sah sie eine große Gestalt mit schnellen Schritten in Richtung Zeitmesshütte eilen. Wenige Augenblick später war die Person in der Hütte verschwunden. Wenn das nicht mal der Westermann war, überlegte Sara. Das war ein Wink des Schicksals. Zuerst die Wildkamera und nun Petras Freund. Mit ihm hatte sie noch nicht gesprochen. Wer konnte schon sagen, was sich dabei ergab.

Sie änderte ihr Ziel und marschierte in Richtung der Holzhütte. In der Mitte der Frontseite befand sich die Eingangstür, links und rechts davon zwei kleine Sprossenfenster. Als sie den völlig überheizten Raum betrat, blickten sie zwei an einem Tisch sitzende Männer überrascht an. Sie hatten ihre Winterjacken über die Stühle gehängt und diskutierten anscheinend intensiv über einen Stapel Ausdrucke, der vor ihnen auf dem Tisch lag.

An der hinteren Wand stand Westermann. Groß, schlank, blond gewellte Haare – auf den ersten Blick sah er für Sara wie der Prototyp eines Skandinaviers aus. Dazu passend trug er einen Norweger-Pulli sowie eine hellbraune Cordhose. Es war das an die Winterzeit adaptierte Outfit eines Golflehrers. »Holla! Was kommt denn da Nettes zu uns herein?«, grinste er.

Sara blickte ihn starr an und öffnete langsam den Reißverschluss ihrer Skijacke. Darunter kam die schwarze Schutzweste mit den Hartballistikeinlagen zum Vorschein. Dann zog sie bedächtig die bedrohlich aussehende HK53 am Schultergurt vom Rücken nach vorn und schloss langsam die Tür. Die drei Männer starrten sie entgeistert an. Sie lächelte übertrieben charmant in Richtung Westermann. »Da ist ja der Herr Rennleiter persönlich. Gut, dass ich Sie hier treffe, denn ich habe da ein paar Fragen.« Sie wandte sich an die zwei Männer am Tisch. »Sie beide können hierbleiben, doch möchte ich ungestört mit diesem Herrn da hinten ein paar Worte wechseln.« Sie schlenderte zur Rückseite der Hütte, an der eine detailliere Karte vom Arber hing. Auf ihr waren in verschiedenen Farben alle Leitungen, Messpunkte und Kamerastandorte eingezeichnet. Links im Raum war eine Reihe von metallenen Racks aufgebaut, die kompliziert aussehende Messgeräte und Computer beherbergten.

»Was wollen Sie von mir?«

»Mein Name ist Lillem und ich bin hier für die Sicherheit verantwortlich«, stellte sich Sara vor. »In diesem

Zusammenhang habe ich einige Fragen zum Tod Ihrer Freundin.«

»Was hat denn das eine mit dem anderen zu tun?«

»Es könnte da durchaus einen Zusammenhang geben. Ihre Stellung als Rennleiter ist ziemlich exponiert und Sie haben jede Menge Hintergrundwissen. Dies könnte für die Umweltaktivisten sehr interessant sein.«

Westermann trat vor den großen Plan und runzelte die Stirn. »Sie glauben also, dass jemand über Petra versucht hat, etwas über das Rennen in Erfahrung zu bringen. Das ist doch völliger Unsinn. Außerdem war Petra eine Künstlerin und hat sich nicht die Bohne für Sport interessiert.«

»Sagen wir mal so, es gibt da ein Gerücht, dass es einen zweiten Mann in Petras Leben gegeben haben soll. Vielleicht sind auf diesem Wege Informationen geflossen.« Sara druckste absichtlich herum und beobachte dabei Westermann sehr genau. Dieser lachte laut auf.

»So ein Blödsinn. Neben mir gab es niemanden. Wer behauptet denn das?«

»Das hört man so. Angeblich haben Sie und Petra in letzter Zeit wiederholt heftig gestritten.«

»Jetzt hören Sie mal. In jeder Beziehung gibt es ab und zu einen Disput, dafür braucht es keinen Liebhaber. Tatsächlich haben wir mehrfach heftig darüber diskutiert, wie wir unsere gemeinsame Zukunft gestalten. Sie können sich ja wohl vorstellen, dass eine Künstlerin bei solch einem Thema sehr emotional wird. Das könnte dann durchaus bei manchen Leuten den Eindruck erweckt haben, dass wir uns gestritten haben, was freilich nie der Fall war.«

Westermann sprach weiter, doch Sara achtete nicht mehr darauf. Sie sah nur noch den kleinen roten Lichtpunkt auf seiner rechten Brust, der langsam zitternd zur Körpermitte wanderte. Sara blickte sich schnell um. Die zwei Kollegen von Westermann saßen in ein Gespräch vertieft am Tisch vor dem Fenster. Einer der beiden erklärte dem anderen gerade etwas heftig gestikulierend. Die Lichtquelle musste von außen kommen. Es schien der typische Ziellaser eines Scharfschützengewehrs zu sein. Irgendwo saß einer in den Bäumen und wollte Westermann erschießen. Der Lichtfleck hatte nun den Solarplexus erreicht und verharrte dort. Sara blieben nur noch Sekunden, bis sie das dumpfes Geräusch des Projektils vernehmen würde, das in den Körper vor ihr einschlug. Aus dem Stand heraus rammte sie mit ihrer gepanzerten Schulter Westermann, krachte mit voller Wucht auf ihn. Ein einzelnes Geschoss würde ihre Schutzweste abhalten, doch wenn der Scharfschütze ein vollautomatisches Gewehr hatte, dann mussten sie schleunigst aus der Hütte. Die Holzwände boten zu wenig Schutz. Der Angreifer müsste nur mit Dauerfeuer von links nach rechts das Gebäude bestreichen und niemand würde lebend entkommen.

Blöderweise hatte sie im zweiten Lauf ihres Gewehrs nur ein Leuchtgeschoss. Eine Nebelgranate wäre jetzt die richtige Antwort. Sara überlegte blitzschnell, ob sie trotzdem die Leuchtkugel durch das Fenster jagen sollte. Das könnte den Angreifer einige Augenblicke ablenken und ihnen genügend Zeit verschaffen, aus der Hütte zu fliehen. Vielleicht klappte das, dachte sie und zielte mit dem Gewehr auf das Fenster. Heute würde es ihr nicht so ergehen wie letzte Nacht auf der Piste.

Links und rechts des Fensters saßen immer noch die beiden Männer. Sie blickten völlig überrascht zu ihr. Als der Rechte von ihnen bemerkte, dass Sara mit einer Waffe in ihre Richtung zielte, fiel ihm vor Schreck der Stift aus der Hand. Ein roter Strahl leuchtete kurz über Saras Augen bevor der Laserpointer mit lautem Gepolter auf dem Tisch aufschlug. Sara blickte starr auf das Teil, das nunmehr in Richtung Tischkante rollte, auf den Boden schepperte und dann zur Ruhe kam.

Sie ließ die Waffe sinken und schloss die Augen. »Verdammt«, presste sie hervor. Sie atmete mehrmals tief durch. Dieser überspannte Terrorjäger hat mich total verrückt gemacht. Schlimmer hätte sie sich wohl nicht mehr blamieren können.

Sie rappelte sich langsam auf und schob die Waffe mit einem Ruck auf den Rücken. Westermann lag immer noch wie ein gefällter Baum am Boden und stöhnte leise vor sich hin. Die mit Keramikeinlagen gepanzerte Schutzweste hatte ihn offensichtlich hart getroffen. Sara streckte die Hand aus und zog ihn wieder auf die Beine. Er sah sie kurzatmig und mit weit geöffneten Augen an.

Sara presste die Lippen zusammen und blickte ihn

ernst an. »Tut mir leid, doch das musste sein. Sie wissen ja, ich bin hier für die Sicherheit verantwortlich und da gehören auch Übungen dazu. Sozusagen wie bei der Feuerwehr. Sie haben ganz gut reagiert. Sollte es irgendwann mal richtig ernst werden, dann machen Sie sicherlich alles richtig. Nochmals vielen Dank für Ihre Mithilfe und Ihr Verständnis.« Sie drehte sich ruckartig um und ließ drei total überraschte Männer in der Hütte zurück. Hoffentlich hatten sie ihr das abgekauft. Ansonsten würde es Konsequenzen haben. Den Rennleiter umwuchten und auf zwei seiner Kollegen mit einer durchgeladenen HK53 zielen. Das würde ausreichen, sie als Streifenpolizist bis ins hinterste Sibirien zu versetzen. Sara stapfte durch den Schnee zum Container des Terrorjägers. Die kalte Luft und die Bewegung senkten den Adrenalinspiegel langsam in ihrem Blut auf Normalwerte. Wie hatte sie nur so überreagieren können? Es wurde Zeit, dass sie die Osserriesen schnappten.

KAPITEL 16

Der Fahrservice transportierte Valentin in kurzer Zeit trotz der schlechten Straßenverhältnisse zurück in die Glasschmiede. Kaum dem Geländewagen entstiegen, spürte er, dass die körperlichen Anstrengungen der letzten Stunden seinen Rücken völlig über Gebühr strapaziert hatten. Er schlich vornübergebeugt wie ein alter Mann zum Haus. Die Tür war wie üblich unversperrt, obwohl die beiden Künstler nicht zu Hause waren.

Valentin überlegte, wie er seine Schmerzen am besten lindern konnte. Die Wärme des Glasofens würde sicherlich helfen. Er schleppte sich den Flur mit dem Granitfußboden entlang und bog nicht in die Stube ab, sondern in den hölzernen Anbau. In dessen Mitte befand sich der mit Gas betriebene Schmelzofen. Hier war es richtig warm, immerhin herrschten im Innern Temperaturen von 1.400 Grad Celsius. Er verkabelte sein Smartphone mit der Musikanlage und wählte die Wiedergabeliste *Wein trinken*. Dann legte er sich flach auf einen der großen hölzernen Arbeitstische. Der harte Untergrund und die Wärme des Ofens wirkten wohltuend und nach kurzer Zeit war er zu den Klängen von Eric Clapton eingeschlafen.

»Da liegt er ja, der Faulpelz.«

Valentin schrak hoch, als ihn die laute Stimme von

Axel aus dem Schlaf riss. Er setzte sich mit Schwung auf und sogleich entfuhr ihm ein lautes Ächzen.

»Hey, Val, was ist denn los mit dir? Wir sahen draußen im Schnee die Spuren des SUVs und haben bereits die ganze Schmiede nach dir abgesucht.«

»Ich war mit Sara am Arber unterwegs. Für meinen lädierten Rücken war das nicht gerade eine Wohltat. Als ich dann wieder zurück war, hab ich mich zur Entspannung hier drauf gelegt und bin eingeschlafen.«

Axel betrachtete ihn nachdenklich. Dann drehte er sich um und brüllte laut: »Du, Richard, lass uns gleich fahren. Wir nehmen den Val mit, vielleicht kann ihm Eva mit seinem Kreuz helfen.«

Aus der Entfernung hörten sie einen bestätigenden Laut. Axel wandte sich wieder Valentin zu. »Wir haben gerade den Grill geholt. Der Wenig wollte das Riesenteil weghaben, bevor heute Abend die Rauhnacht anfängt. Mit dem Kran am Unimog war das ja kein Problem. Du kommst jetzt mit in die Brandt und die Eva wird sich deinen Rücken anschauen. Die hat sicher eine Medizin, die hilft. Wir wollen doch, dass du heute Abend dabei sein kannst.«

So tuckerten die drei mit dem Unimog über Zwiesel und Außenried nach Brandten, ein kleines Dorf inmitten einer Lichtung westlich des Hennenkobels. Die letzten Kilometer auf der einspurigen Straße durch den Wald waren beinahe unpassierbar. Eva Köck und ihr Mann Horst wohnten außerhalb des Dorfes direkt am Waldrand in einem etwas heruntergekommenen Eindachhof.

Die Schiebetüren zur angebauten Scheune standen offen und drinnen war Horst Köck damit beschäftigt, Schlagzeugteile in seinen rostigen Lada einzuladen. Mit dem Unimog fuhren sie in das Gebäude und stiegen aus.

»Servus, Horst«, begrüßte Axel den Musiker. »Die Glasschmiede-Transport GmbH und Co. KG liefert hiermit frei Haus den dampfgestrahlten Grill und sagt vielen Dank fürs Ausleihen. Dein Grill ist ja fast so massiv wie ein Eisbrecher. Ohne Kran hätten wir ihn nicht auf die Ladefläche bekommen.«

»Wenn ich etwas baue, dann muss es auch einige Jahre halten. Stellt ihn dort hinten in die Ecke. Warum bringt ihr mir den Grill heute bei dem Sauwetter vorbei? So bald werde ich ihn nicht brauchen.«

»Der Wenig hat vorhin den Aufräumwahn bekommen. Er rief uns an und sagte, wir sollen das Grillmonster verräumen, weil es den Eingangsbereich verschandelt.«

»So ein Wichtigtuer«, sagte Köck und verdrehte die Augen. »Der kennt auch nichts anderes als seinen Verein.«

»Lass ihn mal, wir sind froh, dass es jemanden gibt, der sich so reinhängt. Sag mal, ist deine Frau zu Hause? Wir haben hier jemanden, der dringend fachkundige Hilfe benötigt.« Axel deutet auf Valentin, der schwerfällig aus der Fahrerkabine kletterte. Köck zeigte stumm auf die zum Wohngebäude führende Tür.

Axel wandte sich an Valentin: »Geh du schon mal vor, wir kommen gleich nach.«

»Ich kann doch nicht einfach …«, begann Valentin, doch Axel winkte ab. »Ist schon okay, Eva macht das.«

Valentin schlich durch einen langen Flur und betrat die mit viel Holz eingerichtete Wohnküche. In ihr duftete es nach frisch gebackenem Apfelstrudel und starkem Filterkaffee. Eva Köck war dabei, den Tisch für den nachmittäglichen Kaffee und Kuchen zu decken. Sie drehte sich um.

»Ich habe gar nicht damit gerechnet, dass wir uns so schnell wiedersehen«, sagte Valentin schüchtern, »doch Axel und Richard sind der Meinung, du könntest etwas für meinen Rücken tun.«

»Was ist denn passiert?«

»Ich bin beim Schneeabschaufeln vom Dach gefallen. Das ist nicht so folgenlos verlaufen wie anfangs gedacht.« Valentin sah sie das erste Mal ohne dicke Winterkleidung. In Jeans und Bluse wirkte sie geradezu ätherisch.

Sie lachte leise und blickte ihn aufmerksam an. »Zieh die Jacke und den Pulli aus und dann stell dich ganz gerade hin, damit ich mir das Übel anschauen kann.«

Nachdem er sich der dicken Wintersachen entledigt hatte, bedeutete sie ihm mit einem Wink sich zu drehen. Er folgte widerwillig der Aufforderung. Das Letzte, was er jetzt brauchen konnte, war eine Hobbytherapeutin. Doch aus der Situation kam er nicht mehr heraus, er konnte ja schlecht weglaufen.

Vorsichtig begann sie seinen Rücken von den Schultern aus abwärts abzutasten. An manchen Stellten zuckte er regelrecht zusammen. Als er etwas sagen wollte, bekam er nur ein kurzes »Sch« zur Antwort. Nach einer Weile war sie fertig und er durfte sich wieder umdrehen. Er blickte sie fragend an.

»Eine saubere Prellung hast du dir da zugezogen, sonst ist alles in Ordnung. Am Rücken ist natürlich jetzt alles völlig verspannt, doch das wird wieder. Hast du Kopfschmerzen?«

»Die werden immer schlimmer. Kannst du etwas dagegen machen oder hast du gute Schmerztabletten?«

»Mit Tabletten bekämpfst du nur die Auswirkung und nicht die Ursache. Ich rühre dir jetzt eine Salbe gegen die Prellungen an und währenddessen machst du mit dem Kopf folgende Übung. Die Bewegung schaut zwar dämlich aus, doch du wirst sehen, sie hilft.« Eva stellte sich an die Wand, bis ihr Rücken gänzlich anlag, und bewegte ihren Kopf immer wieder langsam von links nach rechts. Valentin blickte skeptisch, doch ihm blieb nichts anderes übrig, als die Bewegung nachzumachen. So drückte er seinen Rücken an die Mauer und drehte brav den Kopf hin und her. Währenddessen ging Eva aus dem Raum. Er kam sich dabei ziemlich blöd vor, doch als es nach kurzer Zeit zweimal leicht knackte und die Spannung schlagartig nachließ, revidierte er seine Meinung. Nach einer Weile kam Eva mit einer Kruke zurück, die sorgfältig von Hand beschriftet war.

»Ein wenig hilft es schon«, sagte Valentin, der bereits Erleichterung verspürte.

»Ich glaube, du hast dir bei dem Sturz den Atlas verschoben. Das ist der erste Halswirbel, der über ein Gelenk die Wirbelsäule mit dem Schädel verbindet. Durch die Bewegungen an der Wand hat sich das wieder eingerenkt. Der Rest deiner Beschwerden beruht auf ganz gewöhnlichen Prellungen.«

Valentin überdachte seine ursprüngliche Meinung. Möglicherweise hatte er Eva völlig falsch eingeschätzt. »Wo hast du eigentlich Medizin studiert?«

»Ich habe nicht studiert«, sagte sie. »Ich befasse mich als Mutter und Hausfrau seit Jahren intensiv mit Naturheilkunde. Mit vier Kindern und in einem kleinen Dorf kannst du nicht bei jeder Blessur zum Arzt rennen. Da gibt es genug Möglichkeiten, die unterschiedlichsten Ansätze auszuprobieren.«

»Und das funktioniert?«, fragte Valentin. Er hatte jegliche Art der Behandlung außerhalb einer Arztpraxis immer als Quacksalberei abgetan.

»Das funktioniert in den meisten Fällen viel besser als die Medizin, die du vom Arzt bekommst. Die Neurodermitis und den Heuschnupfen der Kinder habe ich damit vollständig wegbekommen. Wirst schon sehen, das mit deinem Rücken ist in ein paar Tagen vorbei. Solche Beschwerden sind mir nicht neu.«

»Mit Naturheilkunde habe ich bisher wenig Kontakt gehabt. Ich bin da eigentlich mehr der ganz konventionelle Tablettentyp.«

Sie lächelte und reichte ihm die Kruke. »Damit reibst du alle zwei Stunden deine Prellungen am Rücken ein.

Bis heute Abend sollte es besser geworden sein. Jetzt zieh Hemd und T-Shirt aus, dann fangen wir gleich damit an.« Sorgfältig verrieb sie die kühlende Salbe auf seinem Rücken und den Schultern.

»Sag mal, wie machen wir denn das mit der Bezahlung? Ich bin zwar privat versichert, aber meine Karte habe ich leider nicht dabei.«

»Lass gut sein«, lachte Eva. »Ich mache das, weil mich Naturheilverfahren interessieren und ich den Leuten gerne helfe. Axel und Richard bringen ab und zu eine Flasche Bärwurz vorbei, und zwar den ganz speziellen vom verlorenen Schachten. Das ist Bezahlung genug. Ich muss ja auch nicht davon leben.«

Valentin war überrascht. Offenbar waren auch die Glasschmiede öfter mal bei Eva in Behandlung. Er hatte die beiden immer als wahre Naturburschen eingeschätzt, die kerngesund durchs Leben gingen. Aber auch an ihnen schien das Alter nicht spurlos vorbeizugehen.

»Jetzt kannst du dich wieder anziehen. Es ist noch genügend Zeit für Strudel und Kaffee. Ich rufe die Kinder und du holst meinen Mann mit deinen beiden Kumpels aus der Scheune. Dann könnt ihr uns auch einen kleinen Hinweis geben, welche Verkleidung ihr für heute Abend vorbereitet habt.«

KAPITEL 17

Nach dem peinlichen Erlebnis mit Westermann hatte sie ihre Ausrüstung im Überwachungscontainer verstaut. Sie war froh, dass der Terrorjäger unterwegs war, das ersparte ihr die kreative Auslegung der Wahrheit. Mittlerweile hielt sie sich an das Motto eines früheren Kollegen, dass man nicht das tun sollte, was einem der Chef sagt, sondern das, was er einem gesagt hätte, wenn er vorher darüber nachgedacht hätte.

Sie fuhr am östlichen Stadtrand von Zwiesel zu einem Supermarkt, der lange Jahre den Namen DEZ getragen hatte und von vielen Einheimischen trotz Umbenennung nach wie vor so genannt wurde. Das Sortiment umfasste alles, was man in den verschiedensten Lebenslagen benötigte. In der Computerecke fand sie einen Universalkartenleser mit USB-Anschluss, der für ihre Zwecke voraussichtlich passen sollte. Sie überlegte kurz und kaufte auch noch eine Speicherkarte mit identischen Eigenschaften wie die Karte aus der Wildkamera. Dann machte sie sich auf den Weg zum ehemaligen Häuschen ihrer Eltern in der Rachelstraße, das mittlerweile zu einer Ferienwohnung umgebaut worden war. Für die Zeit des Praktikums bei der Zwiesler Polizei hatte sie sich dort einquartiert. Ihr Notebook, mit dem sie die Bilder der ausgebauten Speicherkarte ansehen wollte, befand sich dort.

»Dann schauen wir mal, ob das so klappt, wie ich es mir vorgestellt habe«, murmelte sie und steckte die Karte in den Leser. Sie saß vor dem Computer im Esszimmer, und alle Teile waren nun miteinander verkabelt. Bereits wenige Sekunden später erblickte sie die ersten grobkörnigen Fotos auf dem Monitor. Sie waren bei Sternenlicht entstanden und trotz dieser widrigen Bedingungen recht passabel ausgefallen. Die Kamera besaß offensichtlich eine ausgesprochen hohe Lichtempfindlichkeit.

Sara blätterte ein Foto nach dem anderen durch. Der Dateiname setzte sich aus Datum und Uhrzeit zusammen und passte einigermaßen zum abgelichteten Tagesverlauf.

»Die Uhr der Kamera ist wohl korrekt gestellt«, sagte sie vor sich hin und blätterte durch die Bilder.

Immer wieder sah sie Rehe, die zur Krippe gekommen waren, um dort zu fressen. Auf mehreren Fotos erkannte sie auch den Jäger, der mühevoll mit einer großen Kraxe Heu anschleppte und die Krippe befüllte.

Kurz darauf war ein mächtiger Hirsch herangekommen und hatte das gesamte Heu weggefressen. Sara lachte laut auf. Da hatte sich der Jäger bei dem vielen Schnee solche Mühe gemacht, den Rehen Futter zu bringen, und dann kommt das riesengroße Vieh und alles war auf einmal weg. Sie sah auf den Zeitstempel der Dateien. »Nun wird es langsam spannend«, nuschelte sie und klickte weiter durch die Bilder. Das Datum stimmte und die Uhrzeit rückte langsam in den Bereich, als sie den Osserriesen am Bärenfelsen aufgestöbert hatte.

»Bingo«, rief sie laut aus, als ihr das erste Bild mit den Umrissen eines Menschen unter die Augen kam. Ihre Nasenspitze berührte beinahe den Monitor, doch die Aufnahme war völlig verschwommen. Ihr Wissen von Bildverarbeitung beschränkte sich auf das Nötigste, doch bei diesem Foto war sie sich absolut sicher, dass man selbst mit den besten Tools die Identität des Osserriesen nicht herausfinden konnte.

»Da hast du noch mal Glück gehabt«, sagte sie zu dem Unbekannten. »Damit kann ich nichts anfangen. Mal schauen, vielleicht gibt es eine weitere Aufnahme.« Sie blätterte zum nächsten Bild und erstarrte. Einige Momente später lehnte sie sich grinsend zurück und pfiff durch die Zähne. Obwohl die Fotos in der Nacht aufgenommen worden waren, konnte sie den Mann deutlich erkennen. Nicht allzu groß, kräftig gebaut, Schneeschuhe an den Füßen und einen Rucksack auf dem Rücken.

»Na ja, ein Riese bist du ja nicht gerade, aber Kraft hast du sicher jede Menge.« Sie starrte nachdenklich auf den Monitor. Der Mann war ihr zwar unbekannt, aber sie war sich sicher, ihn vor ganz kurzer Zeit bereits gesehen zu haben. Vielleicht war er ja einer der freiwilligen Helfer, die in großer Zahl beim Skirennen mitarbeiteten? Er sah auf jeden Fall so aus, wie man sich gemeinhin einen echten Einheimischen aus dem Wald vorstellte. Der dunkle Bart, die wilden schulterlangen Haare, nicht einmal eine Mütze hatte er bei dem Wetter auf. Woher kannte sie ihn bloß? Sie presste die Lippen zusammen und starrte auf das Foto.

Er konnte eigentlich nur mit dem Rennen zu tun haben, sonst hatte sie sich in den letzten Wochen mit kaum etwas anderem beschäftigt. Oder war er ihr gestern bei dem Empfang der Rennläuferinnen im Zwiesler Rathaus über den Weg gelaufen? Sie grübelte. Es war definitiv noch nicht lange her, seit ihr das Gesicht untergekommen war.

»Genau«, sagte sie langsam zu sich, »das war im DEZ. Im Eingangsbereich, dort wo die *Verkaufe-* und *Suche-*Zettel hängen. Ein giftgrünes Plakat mit einer gezeichneten schwarzen Fledermaus. Die Werbeplakate für die Rauhnacht und die diesjährige Band. Du bist der Schlagzeuger!«

Sie lachte laut und startete den Browser. Mit einer Suchmaschine fand sie schnell die Homepage der Band *Woidfez* und die Fotos der Musiker. Sie klickte ein paarmal zwischen den beiden Fenstern hin und her. Eindeutig, der Schlagzeuger, das war er. Sie hatte die Identität des Osserriesen herausgefunden.

Da sind ja in der Rauhnacht heute Abend alle beieinander, Valentin, der Osserriese und ich. Das wird eine amüsante Veranstaltung, stellte sie mit triefendem Sarkasmus fest. Doch diesmal läufst du mir sicher nicht wieder davon. Und jetzt lege ich mich noch eine Runde ins Bett.

*

Mit viel Mühe hatte sie die Futterkrippe mitten im Arberwald erreicht. Diesmal allein und bei völliger Dunkelheit. Seit einer halben Stunde schneite es erneut und der frische Schnee verdeckte in der Zwischenzeit alle Spuren. Doch mit der Restlichtbrille hatte Sara den Weg gefunden. Nun stand sie vor dem Baum mit der Wildkamera und blickte hoch.

Als sie heute früh mit Valentin aufgebrochen war, hatte sie nicht geglaubt, dass es so einfach werden würde, den Osserriesen zu identifizieren. Sie musste zugeben, dass er vor allem Pech hatte. Offenkundig kannte er die Gegend hervorragend und die Flucht in die Seewand hinein hatte er für den Notfall sicherlich als Option vorbereitet. Doch dass ein Jäger an der Futterkrippe eine Kamera montiert hatte, die ein wunderbares Porträt geschossen hatte, das hatte er wohl nicht vorhergesehen.

Sie holte die Kletterausrüstung aus dem Rucksack und erklomm zum zweiten Mal an diesem Tag den Baum mit der Kamera. Oben angekommen holte sie zwei Speicherkarten aus der Brusttasche, öffnete die Gummiklappe des Gehäuses und zögerte. Welche Karte sollte sie nehmen? Sie dachte nach. Dann steckte sie die Speicherkarte mit der kleinen Kerbe in die Aussparung. Hoffentlich war das keine falsche Entscheidung, dachte sie. Dies rückgängig zu machen, könnte sich als nahezu unmöglich erweisen, doch sie hatte eine Ahnung, dass ihr Vorgehen richtig war. Dann verschloss sie die Kamera und kletterte vorsichtig vom Baum.

KAPITEL 18

Valentin, die beiden Glasschmiede und deren Freundinnen hatten sich mit ihren aufwendigen Kostümen und dicken Wintermänteln in den alten Kombi gezwängt und waren nach Frauenau gefahren. Obwohl sie zeitig dran waren, bekamen sie direkt vor der Bürgerhalle keinen Parkplatz. Richard und Valentin setzten deshalb die anderen vor der Halle ab und parkten dann links am Ortseingang auf dem früheren Sportplatz. Dicke Schneeflocken fielen vom nächtlichen Himmel, und von den abgeschalteten Straßenlaternen herab verfolgten sie die zerlumpten Hexen mit bösen Blicken. Valentin ging nun den entgegengesetzten Weg, den er am Donnerstag genommen hatte. Als sie die Hälfte der Strecke zurückgelegt hatten, erreichten sie die Stelle, an der Petra Eschenrieder zu Tode gekommen war.

Am Rand des Gehweges stand ein kleines Holzkreuz im Schnee. Um das Kreuz flackerten dicht gedrängt rote Grablichter lautlos im Wind. Auch einige Rosen lagen unter dem Kreuz, mittlerweile nahezu vollständig vom Schnee bedeckt.

Valentin blieb stehen und blickte auf die provisorische Gedenkstätte. Manchmal verstand er die Welt nicht mehr. Selbst die gegensätzlichsten Standpunkte sollten Menschen doch nicht so in Rage versetzen, dass man sich gegenseitig umbrachte. Das war es doch nicht wert. Wie oft schmunzelte man einige Monate später über Dinge, die anfangs einem Weltuntergang gleichkamen?

Richard, der still neben ihm stand, legte die Hand auf seine Schulter.

»Alles klar, Val? Eine Riesenscheiße ist das. Einfach vor den Pflug stoßen. Den Typ erwischen sie. Da kannst du sicher sein.«

Valentin drehte sich zu Richard. »Der Polizei traue ich das nicht so recht zu, aber eines weiß ich gewiss – falls die es nicht schaffen, die Sara überführt ihn mit Sicherheit.«

»Davon bin ich überzeugt«, bekräftigte Richard. »Aber jetzt lass uns weiter zur Rauhnacht gehen. Die warten doch schon alle auf uns.«

Valentin nickte, bekreuzigte sich, ganz entgegen seiner Einstellung zur Religion, und trottete dann neben Richard den Bürgersteig entlang. Je näher sie der Halle kamen, desto mehr Leute begegneten ihnen. Sie alle strömten zu der Veranstaltung. Die Vorbereitungen hatten sich offenbar gelohnt.

Valentin hatte noch nie wissen wollen, wie man sich als Moos fühlt, doch nun wurde ihm diese Erfahrung zwangsläufig zuteil. Die Glasschmiede und ihre Freundinnen hatten die letzten Wochen mit viel Arbeitsaufwand die Verkleidungen angefertigt und dabei auch an eine Maskerade für Valentin gedacht. Nun sah er aus wie ein großes grünes Bündel Moos auf zwei Stummelbeinen. Seine Haare waren unter einer Kopfbedeckung mit Grünzeug aus dem Wald verborgen, einzig das Gesicht war nicht von Pflanzen bedeckt, sondern mit grüner Schminke bemalt. Einen Vorteil hatte dieser Aufzug, tröstete er sich, es war für alle ersichtlich, dass er damit nicht tanzen konnte.

Die Glasschmiede hatten sich als Hoiberstauern und Hudersau verkleidet, beide Kostümierungen waren ebenfalls ideal für Tanzmuffel, wie die zwei ihren Freundinnen mitteilten. Ann und Rebekka hingegen hatten sich in diesem Jahr entschlossen, als Spinnwebe und Fliegenpilz zu dem Maskenfest zu kommen. Die zwei Kostüme waren figurbetont, aber trotzdem für die Rauhnacht geeignet, bei der seit mehr als 50 Jahren handgefertigte Naturmasken im Mittelpunkt standen.

Um acht Uhr abends waren die meisten Besucher in der Bürgerhalle eingetroffen, und Max Wenig, ganz traditionell als Zaubermeister verkleidet, eröffnete das Fest mit dem gewohnten Gedicht aus den Anfängen der Frauenauer Waldrauhnacht.

Der Uhu, Wolf und Luchs,
der Bär, der Hirsch, der Fuchs,
die Hex, die Drud, der Zaubermeister,
Nachtgespenster, Nebelgeister,
Waldschrat, Kräuterweib und Fee,
Wildschütz, Fledermaus und Reh,

die Wildkatz und der Teufelsbraten,
alle seid Ihr eingeladen.

Mittlerweile saßen sie an ihrem reservierten Tisch unter den überlebensgroßen Figuren aus dem mythischen Wald und betrachteten die anderen Besucher. Es gab eine Unzahl verschiedener Waldschrate, Hexen und Druiden, die von den beiden Frauen fachkundig den jeweiligen Gattungen zugeordnet wurden. Am meisten interessierte sie natürlich, wer hinter welcher Verkleidung steckte. Das war jedoch größtenteils nicht herauszufinden, zu stark waren die Maskeraden. Doch nach der Prämierung um Mitternacht war es Usus, die Masken so weit abzunehmen, dass man die Person dahinter erkennen konnte.

Rebekka hatte Valentin gebeten, sich unbedingt die wildesten Maschkerer einzuprägen. Nach der Demaskierung konnte er dann vergleichen, ob er richtig vermutete. Oftmals waren die im wahren Leben unauffälligsten Personen genau jene, die maskiert ein extrem exaltiertes Verhalten an den Tag legten und mit der richtigen Menge Alkohol verstärkte sich dieser Effekt. Valentin drehte nachdenklich sein Pilsglas.

»Das hättest du nicht tun sollen«, hörte er eine spöttelnde Stimme hinter sich. »An dem Pils habe ich dich erkannt.«

Valentin drehte sich um und erblickte etwas, das aussah wie ein wandelndes Sumpfgebiet. Lediglich das Gesicht war frei von Maskerade, sodass Jo seine übergroße Spiegelreflexkamera verwenden konnte. Valentin hörte das stakkatohafte Klicken des Verschlusses, als er ihn anvisiert hatte und den Auslöser für einige Sekunden durchdrückte.

»Sei bloß ruhig, sonst wirst du trockengelegt«, konterte Valentin. »Komm, setz dich zu uns.«

»Das würde ich liebend gerne machen, aber ich habe heute Abend noch eine weitere Veranstaltung. Du könntest mir allerdings einen großen Gefallen tun.«

»Solange ich nicht mit dir tanzen muss, bin ich für alles zu haben.«

»So um zwölf herum findet die Prämierung der besten Maske statt. Davon bräuchte ich gute Fotos für die Montagsausgabe. Mir würde auch noch helfen, wenn du in den nächsten Stunden hier in der Halle herumstrolchst und außergewöhnliche Verkleidungen fotografierst.«

»Das bekomme ich hin. Ist das alles?«

»Na ja«, Jo zögerte etwas, »du weißt schon, einige Leute führen sich immer auf wie die Wilden, weil sie glauben, wegen der Maskierung nicht erkannt zu werden. Besonders in der Bar findest du diese Gestalten zuhauf. Blitz brauchst du keinen, die Kamera ist empfindlich genug.«

»Ich habe schon verstanden. Falls es nicht zu peinlich wird, kann ich das ja mal ausprobieren.«

»Ich komme dann morgen früh zu euch in die Schmiede und hole die Ausrüstung ab.« Jo verabschiedete sich und war auch schon in der Masse der Verkleideten verschwunden. Valentin sprach noch ein wenig mit seinen Freunden, doch irgendwann entschieden die zwei Frauen, dass es trotz der opulenten Verkleidung, Zeit für einen Tanz war. Sie zogen die beiden Männer auf die Tanzfläche, sodass Valentin allein am Tisch saß. Bevor er sich jedoch langweilte, beschloss er, mit der Kamera eine Runde durch die Veranstaltung zu drehen. Er schlenderte durch die kostümierten Besucherscharen und machte unauffällig aus der Hüfte heraus Fotos. Plötzlich legte sich eine Hand auf seine Schulter und drückte fest zu. Er stöhnte auf und drehte sich um. Vor ihm stand eine dünne Hexe, über und über mit Bündeln von getrockneten Kräutern behängt und das Gesicht bis zur Unkenntlichkeit geschminkt.

»Man sollte bei Prellungen auf sich achten und keine ruckartigen Kopfbewegungen machen«, sagte die Hexe. »Obwohl der Mooshaufen auf der Schulter sicherlich guttut.«

Valentin blickte sie verständnislos an, bis ihm einfiel, wen er vor sich hatte. »Eva! Sag doch gleich, dass du es bist.«

»Dann wäre es ja langweilig. Bist du unter die Fotografen gegangen?« Sie zeigte mit spitzen Finger auf die große Kamera, die er in Händen hielt.

»Muss nur für einen Freund ein paar Bilder machen. Aber da hätte ich einen Vorschlag. Würdest du mit mir zusammen in die Bar gehen? Angeblich geht es da wild zu und mein Freund bräuchte einige Schnappschüsse.«

»Gerne, aber erwarte nicht zu viel. Die stürmischen Zeiten sind längst vorbei. Heute sitzen da jede Menge Endvierziger und reden über ihre Kinkerlitzchen.«

Sie bahnten sich einen Weg durch die Kostümierten, um zur Rückseite der Halle zu gelangen. In einem der Geräteräume befand sich die Bar. Es war duster und wilde Waldgestalten glotzten sie mit glimmenden Augen von der Decke an. In einer Ecke fanden sie einen leeren Tisch mit zwei Stühlen. Sie bestellten am Tresen zwei Slyrs und setzten sich gegenüber.

»Hilft die Salbe?«, fragte Eva und sah ihm direkt in die Augen.

»Würden mich heimtückische Hexen nicht in die Schulter kneifen, dann wären die Schmerzen beinahe verschwunden«, grinste er sie an. »Vor allem das mit dem Hals hat gutgetan. Sag mal, ist dein Mann nicht der Schlagzeuger der Band?«

»Genau, Musik machen ist seine Leidenschaft. Als Lehrer an der Glasfachschule hat er auch entsprechend Zeit und es ist noch dazu ein guter Nebenverdienst. Du hast ja unseren Hof gesehen, da ist immer etwas zu reparieren. Magst du noch einen Whiskey?«

Valentin verneinte und beobachtete Eva, wie sie sich an der Bar einen Tumbler holte. Er hielt sie für eine starke Frau, die mit beiden Beinen fest im Leben stand und die so schnell nichts unterkriegen konnte. Doch heute Abend hatte er den Eindruck, dass sie etwas bedrückte. Obwohl es überhaupt nicht seine Art war, über solche Dinge zu sprechen, rang er sich dennoch dazu durch. »Entschuldige, dass ich dich das frage. Aber ist alles in Ordnung? Du wirkst irgendwie verändert.«

Sie blickte ihn wieder ernst an und schloss kurz die Augen, bevor sie sprach. »Ich beschäftige mich sehr viel mit Naturheilkunde. Du spürst ja am eigenen Leib, dass dies hilft. Dazu gehören auch Dinge, die sich weit weg von der Wissenschaft befinden. Kurz nachdem du weggefahren bist, habe ich ein Omen gesehen und seitdem muss ich die ganze Zeit darüber nachdenken. Vor allem hoffe ich, dass es nicht eintritt.«

Valentin war schon vor langer Zeit aus der katholischen Kirche ausgetreten. Damals hatte das zwar vor allem steuerliche Gründe gehabt, doch konnte er schon in seiner Kindheit mit spirituellen Dingen nie sonderlich viel anfangen. Er wollte allerdings nicht riskieren, Eva seine naturwissenschaftlich geprägte Sicht auf die Welt nahezubringen. Sie wäre davon mit Sicherheit nicht angetan.

»Vielleicht hast du es auch mit etwas ganz Profanem verwechselt.«

Sie lachte humorlos auf und schüttelte den Kopf. »Ganz gewiss nicht. Wenn es ein Traum gewesen wäre, dann könnte man ihn anders deuten, oder man zieht seine Erinnerung in Zweifel. Es war aber kein Traum. Das Zeichen war eindeutig.«

»Was hast du denn gesehen?«

»Nachdem ihr weg wart, habe ich aus dem Hühnerstall

Eier für die Kinder zum Abendessen geholt. In einem der Eier befand sich ein totes Küken.«

Valentin blickte sie verständnislos an. »Das sieht vermutlich ziemlich unappetitlich aus, aber so etwas kann doch mal vorkommen. Insbesondere wenn die Eier von den eigenen Hühnern stammen und nicht aus dem Supermarkt.«

»So etwas sollte nie und nimmer geschehen. Das ist hier in der Gegend schon immer ein Zeichen dafür gewesen, dass jemand aus der nahen Verwandtschaft bald stirbt. Genau davor habe ich Angst.« Sie blickte nachdenklich in ihr Glas und schwenkte den Whiskey darin. Valentin wusste nicht recht, was er sagen sollte. Ganz in Gedanken versunken fuhr sie fort: »Weißt du, mein Mann ist mit Leib und Seele Musiker. Denen sagt man ja gewisse Eigenschaften nach. Im Falle von Horst treffen die auch zu. Wir haben uns aber in der Vergangenheit immer wieder zusammengerauft. Doch in den letzten Wochen hat er sich völlig in eine Sache verrannt. Und das macht mir Angst. Ich will ihn nicht verlieren.«

»Habt ihr schon mal probiert, offen darüber zu sprechen?«, fragte Valentin und hoffte inständig, den richtigen Ton getroffen zu haben. Er konnte mit dem Gesagten nur wenig anfangen, traute sich jedoch nicht, genauer nachzufragen.

»Ein paarmal habe ich es versucht, aber er hat immer abgeblockt. Zusätzlich zu allem anderen ist er halt auch noch ein ziemlicher Sturkopf.«

»Da ist sie ja, die Eva. Ich habe dich schon überall gesucht. Versteckt sich hier im hintersten Winkel.« Ein dilettantisch als Reh verkleideter junger Mann tauchte vor ihrem Tisch auf und packte Eva am Arm. »Jetzt komm mit. Amüsier dich und sitz nicht nur rum.«

Eva blickte Valentin entschuldigend an. »Tut mir leid, aber ich habe Martin schon seit Wochen versprochen, mit ihm heute Abend zu tanzen. Wir beide kennen uns vom Trachtenverein aus der Brandt.«

Martin zerrte Eva von ihrem Platz hoch und verschwand in Windeseile in Richtung Tanzfläche. Valentin blickte hinterher. Er fragte sich, was sie wohl genau mit ihrer Klage gemeint haben mochte?

Nun saß er plötzlich allein am Tisch, umgeben vom lustigen Treiben der Waldgeschöpfe. Valentin schüttelte in Gedanken versunken den Kopf. So schnell konnte es passieren, dass man inmitten all dem Trubel abgesondert war. Er stand auf und schlenderte in Richtung Tresen. Dort angekommen spielte er an den vielen Knöpfen der Kamera, machte ab und zu ein Foto und betrachtete das Ergebnis auf dem rückseitigen Display.

»Schau mal, da ist der Pressemensch. Zu dem gehen wir jetzt hin«, hörte er aus der Entfernung eine weibliche Stimme. Zwei Frauen, in Rot und Schwarz als Marienkäfer verkleidet, kamen auf ihn zu.

»Wie wäre es mit ein paar Fotos von uns beiden?«, kicherten sie und strahlten ihn mit roten Augen an. Diese Art der Kostümierung und dazu die farbigen Kontaktlinsen waren für die Rauhnacht deutlich daneben, dachte Valentin. Nach dem Gespräch mit Eva hatte er keine große Lust auf solche Albernheiten. Er hob, ohne ein Wort zu sagen, die Kamera und wollte ein paar Fotos von ihnen machen, dann würden sie sicher bald wieder verschwinden. Noch ehe er den Auslöser drücken konnte, hörte er eine bekannte Stimme.

»Mädels, lasst es gut sein. Jetzt müssen die Erwachsenen miteinander reden und ihr macht mal die Biege. Und zwar ganz flott, sonst frisst euch der Specht.« Sara hatte sich vor den beiden Marienkäfern bedrohlich aufgebaut. Der lange spitze Schnabel ihres Spechtkostüms betonte zusätzlich die bedrohliche Körperhaltung. Die Käfer trauten sich nicht zu widersprechen und zogen murrend von dannen. Sara drehte sich lächelnd zu Valentin. Dieser glaubte, eine winzig kleine Spur Eifersucht in ihren Augen gesehen zu haben.

»Schaut ja nett aus, so ein Moosballen. Sag mal, ist dir unter dem vielen Grünzeug nicht heiß?«

»Es hält sich in Grenzen. Du warst jetzt aber ganz schön rüde zu den beiden. Vertragen sich Specht und Marienkäfer etwa nicht?«

»Es gibt Neuigkeiten, und nach dem anstrengen Dienst am Arber habe ich definitiv kein Verlangen, mich mit alkoholisierten Insekten herumzuärgern.«

»Gutes Stichwort«, bemerkte Valentin. »Willst du etwas trinken?«

Sara hatte keine Lust auf Alkohol und wollte einen

frisch gepressten Grapefruitsaft. Valentin schloss sich dem an. Er würde seinen Verstand heute Abend sicher noch brauchen.

»Was hast du herausgefunden?«

Sie zog ein Blatt Papier aus der Gürteltasche und faltete es auseinander. Dann strich sie es betont bedächtig glatt und hielt es ihm vor die Nase. »Kennst du den?«

»Lass mich das Foto genauer anschauen, ist ziemlich dunkel hier.« Valentin dreht das Blatt hin und her, bis etwas mehr Licht darauf fiel. »Schaut ein bisschen aus wie das Tier von der Muppet Show. Hey, den kenn ich doch. Das ist doch der Schlagzeuger von der Band. Auf seinem Hof war ich heute Nachmittag wegen meiner Kreuzschmerzen. Das ist der Mann von der Eva.«

»Das mit der Eva weiß ich nicht«, meinte sie spitz, »doch die Person, die du hier siehst, ist der Osserriese. Die Wildkamera hat ein richtig schönes Porträt von ihm geschossen.«

»Jetzt bin ich aber baff. Dass du aus der Kamera etwas Verwertbares herausholst, hätte ich nicht gedacht. Da waren deutlich zu viele Wenns«, sagte Valentin und klopfte ihr überschwänglich auf die Schulter. »Mein lieber Specht, du hast den Osserriesen enttarnt.«

»Wir zusammen haben das geschafft«, korrigierte ihn Sara. »Es stellt sich nun allerdings eine ganz andere Frage. Hat der Osserriese auch die Petra umgebracht?«

»Was hätte er denn für einen Grund gehabt?«

»Was weiß ich? Eifersucht?«

Valentin legte die Stirn in Falten und dachte nach. »Als ich mit dem Sanitäter am Tatort aufräumen wollte, lagen Teile einer großen Rauhnachtsfigur herum. Es ist bei diesen Pappmacheefiguren zwar schwer zu sagen, doch es könnte tatsächlich der Osserriese gewesen sein.«

»Du meinst, die Petra hat den Osserriesen als Rauhnachtsfigur gebaut? Der echte Osserriese hat das bemerkt und ist ausgerastet? Das wäre zumindest ein guter Grund für einen heftigen Streit.«

»Es muss ja kein Mord gewesen sein. Ihren VW-Bus parkte sie Richtung Dorfmitte beim Pfarrhof. Von da aus trug sie die Einzelteile hoch zur Bürgerhalle. Als der Köck mitbekam, was sie da Stück für Stück anschleppt, hat er eine Heidenangst bekommen und ist ihr entgegengegangen. Er traf sie vorn an der Hauptstraße mit dem Kopf des Osserriesen und stellte sie zur Rede. Sie fingen an zu streiten und es gab eine Rangelei. Dabei fiel sie über den Schneerand auf die Straße. Genau in diesem Augenblick fährt der Schneepflug vorbei und *peng*, das war es dann. So könnte es gewesen sein«

»Fragt sich jetzt bloß, warum sie das getan hat?«, sagte Sara und spielte mit dem leeren Glas. Dann fuhr sie langsam fort. »Der Köck ist Lehrer an der Glasfachschule in Zwiesel. Dort unterrichtete auch Petra. Ich weiß von ihrem Bruder, dass sie um Weihnachten herum mit jemandem von der Schule ein Verhältnis angefangen hat. Das könnte doch gut passen. Er wollte sie verlassen und sie hat ihn unter Druck gesetzt.«

»Sag mal, Sara, ihr hättet doch den Osserriesen im Januar beinahe erwischt. Von wem kam da eigentlich der Tipp?«

»Der Hinweis war anonym und nicht rückverfolgbar. Aber auch dieses Puzzleteil stimmt. Das war so eine Art Warnschuss: Bleib bei mir, sonst häng ich dich bei der Polizei hin.«

»Allerdings alles unter der Annahme, dass die Petra wusste, was ihr Geliebter neben seinem Familienleben noch so alles machte«, überlegte Valentin laut.

»Davon kannst du aber mal definitiv ausgehen. Solche Dinge erzählt man vor allem der Geliebten und nicht der Ehefrau. Ein Mann möchte ja schließlich in einer neuen Beziehung als Draufgänger dastehen und nicht als schnöder Schullehrer.«

»Wenn du meinst. Ich habe da Gott sei Dank keine Erfahrung mit dieser Art von Wichtigtuerei. Was machen wir jetzt? Wir können ihn doch schlecht von der Bühne zerren?«

Sara überlegte eine Weile und trank dann in einem Zug ihr Glas leer. »Der rennt uns nicht weg. Ich hole mir jetzt erst einmal etwas zu essen und in der Pause schnappen wir ihn uns. Das mit dem Osserriesen können wir ihm hieb- und stichfest nachweisen. Damit werden wir ihn ganz brutal konfrontieren. Dann sehen wir ja mal, wie er reagiert.«

Nachdem Sara eine Riesenportion Bratwürstchen mit Sauerkraut und Senf verschlugen hatte, schlenderten sie in Richtung Bühnenabgang. Sie platzierten sich so, dass die Musiker in der Pause an ihnen vorbei mussten. Valentin mimte dabei den eifrigen Fotografen und hoffte, dass sie niemandem auffielen. Die letzten Klänge ertönten und der Bassist verkündete eine Pause.

Sara stand neben Valentin und beobachtete über ihren großen Spechtschnabel hinweg die Bandmitglieder. »Wenn ich es mir so recht überlege, würde mir da glatt noch ein möglicher Täter einfallen. Und die hätte ebenfalls ein gutes Motiv.«

»Wer denn?«

»Na, diese Eva. Die Frau vom Köck. Die Petra spannt ihr den Mann aus und beide erleben spannende Abenteuer bei der Verteidigung der Natur gegen die bösen Mächte des Kommerzes. Da würde doch jede Ehefrau ausrasten. Für einen gezielten Schubs über den Schneerand an der Straße reichen ihre Kräfte allemal.«

»Ja, ihre Kräfte reichen, aber zu der Zeit stand sie hinterm Grill an der Halle und ich davor. Sie kann es nicht gewesen sein. Ich bin ihr Alibi.«

»Gut, dann streichen wir sie von unserer Liste. Schau, da kommt unser Osserriese. Jetzt ist er dran.«

KAPITEL 19

»A Hund bist scho«, stellte Josef Hofbauer fest und blickte zum rechts von ihm sitzenden Michael Meier. »Die Sache mit dieser Hütte hast du grandios hinbekommen.«

»Wenn man die richtigen Leute kennt, dann geht so einiges«, antwortete Meier und hob vielsagend die Augenbrauen. »Im letzten Frühjahr hat man mir gesteckt, dass die staatliche Forstverwaltung eine alte Jagdhütte oberhalb der Hindenburgkanzel privatisiert. Noch am selben Tag bin ich hochgefahren und habe mich umgesehen. Hat alles gepasst, großes Waldgrundstück mit Zufahrt, leidlich gut erhaltene Hütte und vor allem eine großartige Lage. Da musste ich einfach zuschlagen.«

»Du kannst ruhig zugeben, dass man vergessen hat die Ausschreibung zu veröffentlichen.«

»Reiner Zufall«, grinste Meier unverschämt in die Runde. »Ich weiß auch nicht, warum unsere rechtschaffenen Beamten in diesem Fall schluderten, doch als einziger Bieter hat sich der Preis tatsächlich im Rahmen gehalten.«

Sie hockten zu viert um den massiven Eichenholztisch der Hütte und spielten Watten. Jo Saxinger und Michi Meier bildeten eine Mannschaft und die beiden Zwiesler Stadträte Josef Hofbauer und Gerd Niedermeier die andere. Die Teammitglieder saßen sich jeweils gegenüber. In der Ecke bollerte ein Kanonenofen und sorgte in der Hütte für Saunatemperatur. Meier hatte vier seiner Werbefrauen überredet mitzukommen, die jedoch keine Lust zum Kartenspielen hatten. Nun saßen sie gelangweilt auf dem Sofa neben dem Ofen, plauderten miteinander und spielten mit ihren Touchtelefonen.

»Sagt mal, wo bleiben eigentlich die anderen?«, fragte Jo und blickte in die Runde.

Michi Meier lachte laut auf. »Um hier hochzukommen, brauchst du halt ein gescheites Auto. Mit so einer klumpigen Chinesenschüssel wirst du es freilich nicht schaffen. Wahrscheinlich sind sie umgekehrt oder sie stecken auf dem Waldweg im Schnee fest. Von zehn Uhr abends bis vier Uhr früh ist nämlich beim Räumdienst Pause angesagt.«

»Hast du schon mal versucht, sie am Handy zu erreichen?«

»Freilich, doch da geht immer nur der Anrufbeantworter dran. Die stecken sicher irgendwo in einem Funkloch. Das ist hier auf der Arbernordseite nichts Ungewöhnliches. Weißt du doch.«

Michi Meier teilte die Karten aus. Kaum hatte er seine aufgenommen und einen Blick darauf geworfen, blinzelte er Jo über den Tisch hinweg zu. Dieser kratzte sich unauffällig am linken Ohr.

Meier wandte sich dem neben ihm sitzenden Hofbauer zu. »Jetzt schauen wir mal, ob euer Blatt besser ist als beim letzten Mal. Sonst seid ihr gleich noch einen Hunni los.«

»Nur die Ruhe«, antwortete Hofbauer und begutachtete seine Karten.

»Wie geht es denn nun eigentlich mit dem Skilift weiter? Gibt es da Neuigkeiten?«, fragte Gerd Niedermeier in die Runde.

Meier hob beide Augenbrauen und drehte sich zu Niedermeier. »Die spinnerte Kuh ist endlich weg und wir haben am Riesberg freie Fahrt. Sobald der Schnee weg ist, legen wir los.«

Josef Hofbauer wendete sich überrascht Meier zu. »Ich dachte, die Sache ist längst unter Dach und Fach. Gab es da etwa ein Problem?«

»Die Frau Künstlerin wollte ihre Bruchbude nicht verkaufen. Seit mehr als einem Jahr reden wir auf sie ein wie auf eine kranke Kuh. Einmal hat sie Ja gesagt und ein paar Tage später wieder Nein. Zuerst dachten wir, die will nur den Preis hochtreiben, doch das war es nicht.«

»Was war es denn?«

»Die wusste schlichtweg nicht, was sie will. Selbst der Jens hat da nichts bewegt.«

»Warum habt ihr sie nicht über einen Stadtratsbeschluss enteignet?«

»Vergiss es. Das hätte zu einem jahrelangen Rechtsstreit geführt, und die vereinigten Künstler des Landkreises hätten uns binnen Wochen alle Fensterscheiben im Rathaus eingeworfen. Bei solchen Themen rotten die sich postwendend zusammen.«

»Wer bekommt denn nun das Haus und den Grund?«

»Sie hat keine Kinder, ich denke, dass ihr Bruder alles erbt. Mit dem kann man hoffentlich vernünftig reden.«

Jo kratzte sich am rechten Ohr und der ihm gegenüber sitzende Michael Meier blickte erstaunt über den Tisch. »So ganz theoretisch gesprochen. Haben wir im nächsten Winter dann tatsächlich einen vernünftigen Skilift mit langer Piste und in schneesicherer Lage? Zeit dafür wäre es ja.«

»Das Interessante daran ist, dass wir sogar einen Skilift für den gesamten Zwieseler Winkel bekommen. Die meisten Nachbargemeinden würden nämlich mitmachen. Allerdings müssen wir sie noch ein wenig massieren, so ganz umsonst gibt es die Teilhabe nämlich nicht. Ein paar Euros müssen die schon zuschießen.«

»Das ist doch im Prinzip eine gute Idee. Alle legen ihr weniges Geld zusammen und bekommen an zentraler Stelle einen richtig langen Lift und nicht lauter kleine Babylifte, wie wir sie heute haben.«

»Na ja, die Finanzierung ist noch nicht ganz geklärt. Allerdings zeichnet sich eine Lösung ab.« Meier fixierte Jo und blickte dann nachdenklich auf seine Spielkarten.

Dieser grinste süffisant, spitzte die Lippen und knallte die Schellen sieben auf den Tisch. »Ich habe zwar nicht die Maschine, aber für euch tut es auch der Belli.« Dann zwinkerte er und wandte sich an Meier. »Ich verstehe, die Gemeinden haben wie üblich kein Geld, doch die Politiker möchten dem Volk dennoch etwas Gutes tun. Wollt ihr eine Bank ausrauben und davon den Skilift bezahlen? Eine staatliche Förderung kommt ja wohl nicht infrage.«

»Die Bauteile für den Lift haben wir ja, die muss man einfach am Glasberg abbauen und anschließend am Riesberg wiederaufstellen. Es fehlen nur der Parkplatz und einige kleinere Infrastrukturmaßnahmen. Da haben wir an ein Triple-P gedacht. Mittlerweile gibt es dafür auch Interessenten, die mitmachen würden.«

Hofbauer blickte Meier verständnislos an, doch Jo hatte die Idee der Skiliftbauer sofort erfasst. »Ja wenn das so ist – eine Public-Private-Partnership wollt ihr machen. Und da gibt es tatsächlich jemanden, der gutes Geld in einen notorisch defizitären Skilift stecken will? Unglaublich.« Jo sah in die Runde und wartete auf eine Antwort. Meier knallte eine Karte auf den Tisch und lehnte sich grinsend zurück. Hofbauer warf lässig eine Spielkarte dazu.

»Das kann durchaus eine gute Rendite bringen. Man muss es halt richtig anstellen. Nicht so, wie es die Stadt immer macht«, sagte Meier gelassen.

»Wie muss man es denn anstellen?«, fragte Jo beiläufig und legte seine letzte Karte zu den anderen.

Meier blickte ihn mit großen Augen an, und als Hofbauer triumphierend die aufgedeckten Karten mit der Hand zu sich schob, platzte ihm der Kragen. »Jo, du bist ein Depp. Du hast vorhin ganz klar angedeutet, dass du den Max hast, und jetzt kommst du mit einem Notschrei daher. Hast du sie eigentlich noch alle? Spielt doch allein. Ich mag nimmer.« Er sprang auf und ging in die Küchenecke.

Jo sah überrascht zu Josef Hofbauer und dessen gegenübersitzenden Kompagnon. »Was hat er denn? Das habe ich doch gar nicht angedeutet.«

»Hast du schon, ich habe es genau gesehen. Allerdings habe ich mir fast schon gedacht, dass du einfach nur kurz lächelst und nicht dem Michi einen Hinweis gibst. Lass ihn, den Mädels ist ohnehin langweilig. Wir brauchen jetzt nur noch einen neuen vierten Mann.«

Jo zwinkerte ihm zu. »Wir können es ja auch mal mit einer Frau versuchen. Vielleicht können die auch noch etwas anderes, als bloß schön zu sein. Soll ich mal fragen?«

KAPITEL 20

Als Horst Köck die Treppe von der Bühne nach unten ging, hatte er ein weißes Frotteehandtuch um die Schultern gelegt und einen Maßkrug mit Wasser in der Hand. Seine langen dunklen Haare hingen verschwitzt herab, er wirkte ausgelaugt. Es dauerte einen Moment, bis er Valentin in seiner Moosverkleidung erkannte.

»Servus, geht es dem Rücken besser?«, erkundigte er sich und fuhr fort, ohne eine Antwort abzuwarten: »Hast du in dem Trubel eigentlich Eva gesehen? Ich brauche sie mal kurz.«

»Die war vorhin unterwegs in Richtung Tanzfläche. Wir beide würden uns ganz gerne mit dir über ein spezielles Thema unterhalten. Kommst du bitte mal mit?«

»Können wir das später machen? In einer Viertelstunde geht es weiter, ich muss mich jetzt ein wenig ausrasten. Ihr seht doch, wie anstrengend das ist.«

Sara baute sich direkt vor dem Osserriesen auf, nahm langsam den Spechtschnabel ab und hob unauffällig das Gefieder an einer Seite. Köck blickte verblüfft auf ihre SIG Sauer P250.

»Das ist natürlich ein zugkräftiges Argument«, antwortete er mit hochgezogenen Brauen. Er wirkte nicht einmal überrascht. Sie gingen in die Ecke der Halle, in dem alle Kabel für Ton und Licht zusammenliefen. Dort hielt sich niemand auf. Sara zeigte ihm nach ihrer martialischen Einführung ihren Dienstausweis. Als Nächstes hielt sie ihm ohne ein weiteres Wort das Foto der Wildkamera unter die Nase. »Ich habe keine Lust, lange um den heißen Brei herumzureden, und mache es kurz. Gestern hat dich zwar die Zündung der Thermitladung gerettet, aber heute kommst du mir nicht mehr aus. Das Bild zeigt deine Flucht vom Bärenfelsen. Daran gibt es nichts zu deuteln.«

Köck sah einen Augenblick starr auf das Foto, schaute dann zu Sara und grinste. »Du warst das. Ich musste mich ganz schön anstrengen, schnell genug wegzukommen. Doch ohne Schneeschuhe hattest du keine wirkliche Chance. Allerdings hatte ich schon Angst, dass du mir eine Kugel in den Rücken jagst.«

»Ich schieße auf niemanden, der vor mir davonrennt. Du gibst also zu, der Osserriese zu sein?«

Köck lachte laut auf. »Es lässt sich sicherlich nicht abstreiten, dass ich zu dem genannten Zeitpunkt mit Schneeschuhen am Arber unterwegs war. Ob dieses schöne Foto ausreicht, mir den Osserriesen eindeutig nachzuweisen? Das würde ich dann schon mal bezweifeln. Ich gebe freilich zu, dass ich die Weltanschauung des Osserriesen teile.«

»Warum machst du das? Die Anschläge haben einen erheblichen Schaden verursacht, das ist keine Bagatelle mehr«, fragte Valentin.

»Unsinn, gelb gefärbter Schnee und ein paar geplatzte Wasserleitungsrohre sind Bagatellen«, erwiderte Köck heftig. »Vergleich das doch mal mit den ganzen Umweltproblemen, die durch das Skirennen entstehen. Allein die Energie und das Wasser für die Beschneiungsanlage verursachen ein Vielfaches an Schäden in der Natur.«

»Das sind alles nur Ausreden. Es gibt kein Land, in dem man so viel in Umweltschutz investiert wie Deutschland.«

»Das ist doch alles nur oberflächliches Gutmenschen-Gewurstel. Die Leute schrauben sich noch schnell eine Energiesparlampe in die Fassung, bevor sie anschließend zum Heliskiing in die Rocky Mountains fliegen. Das pure Pharisäertum. Wenn du ernsthaft die Auswirkungen menschlichen Handelns auf die Natur minimieren willst, dann musst du dich richtig einschränken. Das will aber niemand. Also beruhigt die Politik weiter das Gewissen der dummen Massen mit sinnlosen Dingen wie E10-Sprit für den drei Tonnen schweren Geländewagen, und alle machen weiter wie bisher. Genau diese Verlogenheit will der Osserriese anprangern.«

Sara hob abwehrend die Hände und beide sahen sie überrascht an. »Eure Umweltschutzdiskussion interessiert mich ehrlich gesagt überhaupt nicht. Mich lockt nicht mal besonders der Osserriese. Von mir aus kann er den Schnee jede Nacht in einer anderen Farbe färben. Ist mir völlig wurscht. Ich will wissen, wer die Petra umgebracht hat. Und mein lieber Horst Köck, du stehst da als Erster auf der Liste.«

Er blickte sie fassungslos an. »Du spinnst wohl.

Warum soll ich denn der Petra etwas angetan haben? Ich hab sie doch geliebt.«

»Immerhin hat sie eine Osserriesenfigur gebaut und am Donnerstag in Einzelteilen in die Bürgerhalle gebracht. Vielleicht wollte sie heute Abend in der Rauhnacht deine zweite Identität öffentlich machen?«

»Unsinn. Das mit der Figur hat mich natürlich geärgert, aber deshalb werfe ich niemanden vor einen Schneepflug. Für wen haltet ihr mich denn? Ich bin doch kein Mörder. Außerdem war ich die ganze Zeit hier in der Halle bei den Vorbereitungen.«

»Bei dem Trubel hättest du dich durchaus kurz abseilen können. Das wäre niemandem aufgefallen.«

»So ein Blödsinn. Schaut euch lieber mal ihren Freund, diesen schnöseligen Skilehrer, an. Der ist doch so was von karrieregeil, dafür macht der doch alles.«

»Wie sollen wir denn das verstehen?«

»Er versucht seit Monaten Petra zum Verkauf ihres Grundstücks zu überreden. Sie wollte das keinesfalls, weil sie es von ihrer Oma geerbt hat und viele schöne Erinnerungen damit verband. Doch der hat da nicht lockergelassen. Dauernd hat er auf sie eingeredet.«

»Lass es gut sein, du willst nur von dir ablenken. Welchen Vorteil soll denn ein Skilehrer aus dem Verkauf ziehen? Das bringt ihm doch gar nichts.«

Köck lachte. »Und ob ihm das was bringt. Die Zwiesler suchen doch seit Jahren einen besseren Ort für ihren Skilift. Ideal geeignet dafür wäre der Hang am Riesberg, doch da ist das Grundstück der Petra im Weg. Ohne diesen Grund geht da nichts mit einem Lift. Und genau das wollte der Herr Skilehrer organisieren.«

»Ich verstehe immer noch nicht, was er davon hat? Aus lauter Nächstenliebe wird er das ja wohl nicht vorantreiben.«

»Der sitzt im Organisationskomitee des Skirennens und will Trainer der Damen-Nationalmannschaft werden. Es ist ein wunderbares Entrée, wenn man der Stadt das wesentliche Hindernis für den neuen Skilift aus dem Weg räumt. Und das im wahrsten Sinne des Wortes.« Horst Köck wischte sich mit dem Handtuch den Schweiß von der Stirn. Dann fuhr er mit lauter werdender Stimme fort. »Es war ihm egal, wenn sie nach dem Verkauf ihre Kunst in irgendeiner Mietwohnung in der Stadt machen müsste. Viel Geld würde sie für das alte Haus und den Grund bestimmt nicht bekommen. Schaut euch zuerst diesen Typen genauer an, bevor ihr die Zeit verplempert und sinnlos hinter mir herrennt. Der hat die Petra auf dem Gewissen, da bin ich felsenfest überzeugt. Das ist ein Egoist in Reinform, er hat sie für seine Zwecke benutzt, und sie war so blöd und hat geglaubt, er liebt sie.«

Valentin blickte Sara von der Seite an. Sie überlegte angespannt und sah zu Boden. Möglicherweise hatte Köcks Aussage einen wahren Kern. Ein Mörder argumentiert anders, fand Valentin. Horst hatte Petra angebetet, er trauert um sie. Sara hob schlagartig den Kopf.

Ihr Gesicht näherte sich bis auf wenige Zentimeter dem des Osserriesen.

»Heute lasse ich dich laufen, aber glaube ja nicht, dass du mir davonkommst. Solltest du die Petra ermordet haben, dann sehen wir uns ganz schnell wieder. Und noch etwas – der Osserriese ist ab heute Abend Geschichte.« Sie drehte sich um, packte Valentin am Arm und zog ihn in Richtung Tanzfläche. Dieser befürchtete schon Schreckliches, doch es ging weiter zur Bar, wo sie sich mit Schwung an den Tresen setzte. Sara wandte sich an Valentin mit grimmiger Miene. »Was hältst du von seiner Story?«

Valentin überlegte eine Weile, bis er antwortete: »Ich respektiere ihn. Den hat es ja nicht mal sonderlich beeindruckt, als du ihm das Porträt vom Arber gezeigt hast. Er hat seine Ansicht und die vertritt er. Die Argumente hinsichtlich der Aktionen des Osserriesen kann ich nachvollziehen, auch wenn ich die Anschläge nicht gut finde. So etwas läuft nämlich auch ganz schnell aus dem Ruder.«

»Er hat vor allem die anderen nicht verpfiffen. Einige der Aktionen muss er zusammen mit Dritten durchgeführt haben. Ich vermute mit irgendwelchen Leuten von der Schule. Mir geht es allerdings um die Petra und nicht um ein paar überengagierte Naturschützer.«

»Na ja«, begann Valentin langsam, »ich kenne diesen Skilehrer nicht persönlich, aber so ganz sind die Argumente vom Köck nicht von der Hand zu weisen.«

»Nur dumm, dass es der Westermann nicht gewesen sein kann. Die Polizei ist in diesen Breitengraden zwar etwas behäbig, aber dafür sorgfältig. Er war nämlich auf einer Sitzung des Organisationskomitees in Zwiesel. Da gibt es auch nichts zu deuteln, das ist wasserdicht.«

Sie saßen beide eine Weile sinnierend an der Theke. Irgendwann blickte sie der Barkeeper fragend an, und Valentin bestellte zwei Pils, die in rekordverdächtiger Zeit vor sie gestellt wurden.

»Was machen wir jetzt mit dem Osserriesen? Falls der wirklich Ruhe gibt, dann möchte ich ihn eigentlich nicht hinhängen.«

»Du bist mir aber eine komische Polizistin. Sozusagen die moderne Variante mit der integrierten Judikative.«

»Ich denke selbstständig und bin keine, die alles macht, was man ihr von oben herab anschafft. Da gibt es gerade in der Geschichte der Deutschen zu viele Beispiele, wo das völlig schiefflief. Wenn ich dem Terrorjäger einen Fahndungserfolg melde, ist das Leben vom Köck ruiniert und das seiner Familie mit vier Kindern gleich mit. So etwas mache ich nur, um Schlimmeres zu verhindern und nicht um Bonuspunkte für die nächste Beförderung zu sammeln.«

»Von mir aus können wir es bleiben lassen. Ganz ungeschoren sollte er uns allerdings nicht davonkommen.«

»Da fällt uns schon noch etwas Passendes ein.«

KAPITEL 21

Kurz nach fünf waren die Glasschmiede, ihre Freundinnen Ann Stein und Rebekka Hain sowie Valentin endlich heimgekehrt und völlig übermüdet ins Bett gefallen. Ursprünglich wollten sie früher aufbrechen, doch um Mitternacht war überraschend Rebekka für die beste Maske prämiert worden. So waren sie quasi sozial verpflichtet gewesen zu bleiben und das Ereignis ausgiebig zu feiern. Valentin hatte sich währenddessen als Pressefotograf versucht und den Speicher der Kamera mit Hunderten von Fotos gefüllt.

Völlig übernächtigt und mit stecknadelkopfgroßen Augen hockten sie nun am Esstisch in der Stube. Im Holzofen prasselte das Feuer, und trotz aller Müdigkeit hatte es Richard geschafft, Frühstück zuzubereiten. Er hatte für alle Brot vom Vortag aufgebacken, Rührei in der Pfanne gemacht und rabenschwarzen Kaffee serviert.

Ein lautes Poltern ertönte von der Tür und ein hellwacher Jo trat mit dicken Winterklamotten in die Stube. Er grüßte überschwänglich, warf seine Daunenjacke auf das Sofa und setzte sich zu ihnen. »Ihr seid mir vielleicht ein lahmer Trupp. Heute ist das Skirennen, da müsst ihr doch fit sein.«

»Wir wollen nur zusehen und nicht mitmachen«, entgegnete Valentin, während er mit dem Löffel in seiner

Kaffeetasse rührte. »Außerdem haben wir uns nicht schon um zehn verdünnisiert wie gewisse Presseleute.«

»Von wegen, ich habe an einem höchst exklusiven Männerabend teilgenommen. Im Übrigen habe ich diese Nacht kein Bettchen aufgesucht, zumindest nicht um dort zu schlafen. Die moderne Pharmazie macht's möglich, dies und einige andere schöne Dinge.« Jo grinste Valentin an.

»Verschone uns bitte mit deinen schmutzigen Geschichten.«

»Na gut, dann erfährst du halt nichts vom neuen Skilift. Deswegen bin ich auch nicht da. Ich wollte eigentlich meine Kamera abholen. Hoffentlich hast du in der Rauhnacht gute Bilder gemacht. Die brauche ich unbedingt für die morgige Ausgabe. Der Layouter wartet schon.«

»Alles im Kasten, sogar von der diesjährigen Preisträgerin«, Valentin zwinkerte Rebekka zu, der allerdings nur ein winziges Lächeln gelang.

»Da wir gerade so gemütlich beisammensitzen. Gibt es eigentlich Neuigkeiten von der Eschenrieder Sache? Du hast ja da gewisse Kontakte zu den grünen Männchen. Oder soll ich eher Weibchen sagen?«

Richard verdrehte die Augen und stand auf, um eine weitere Kanne Kaffee aufzusetzen. Valentin blickte zu Jo. »Jetzt rück du zuerst mal damit heraus, was es denn Spannendes zum Skilift gibt. Da hätte ich so ein gewisses Interesse daran.«

»Umsonst ist der Tod«, argumentierte Jo, »was schaut denn dabei für mich heraus?«

»Mensch, Jo, jetzt sei doch nicht so«, intervenierte Axel, »du kannst dem Val ruhig mal einen Gefallen tun. Immerhin hat er gestern deinen Job gemacht und Fotograf gespielt.«

Valentin winkte lächelnd ab, erhob sich langsam, ging zum Küchenschrank und holte die Kamera. Träge, aber mit funkelnden Augen setzte er sich Jo gegenüber. »Schau mal Jo, ich bin zwar technisch nicht allzu versiert, doch gestern habe ich etwas sehr Interessantes herausgefunden. Drückt man hier hinten auf die linke Taste und zugleich auf die Taste rechts oben, dann macht die Kamera genau das, was in roter Schrift neben den beiden schnuckeligen kleinen Knöpfen steht. Gibst du mir da recht?« Valentin hantierte mit der Kamera und drückte abwechselnd, aber nie gleichzeitig die beiden Tasten.

Jo blickte ihn mit offenem Mund an. »Mach jetzt bloß keinen Unsinn. Ich brauch die Fotos von der Rauhnacht. Der Chefredakteur reißt mir den Kopf ab, wenn ich stattdessen mit einer frisch formatierten Speicherkarte anrücke.«

»Euer Männerabend ist mir egal, ich kann mir schon denken, was ihr dort getrieben habt. Allerdings würden mich die Aussagen gewisser Leute, deren Namen ich nicht mal wissen will, zum neuen Skilift brennend interessieren.«

Die Glasschmiede, Rebekka und Ann konnten sich ein schadenfrohes Grinsen nicht verkneifen und blickten erwartungsvoll zu Jo. Dieser stand auf und holte sich im Schneckentempo ein Glas Wasser aus der Küchenecke. Valentin merkte, dass er krampfhaft überlegte, was er sagen konnte, ohne dabei allzu viel über seine Spezies zu verraten.

Er setzte sich langsam und umständlich wieder an den Tisch. »Das Folgende erzähle ich dir nur, weil du mir vor Weihnachten die saugute Story mit der Glashütte geliefert und weil du mir gestern die Bilder geschossen hast. Und noch etwas – von mir hast du nichts gehört. Und ihr vier kennt die Geschichte nicht einmal im Ansatz. Nur damit das klar ist. Ja?«

»Ist gebongt. Sobald du diesen Raum verlässt, habe ich meine Quelle vergessen, und die anderen sind sowieso taub und blind.«

Jo nickte und begann umständlich. »Nun ja, sagen wir mal so, seit die Eschenrieder das Zeitliche gesegnet hat, ist manches einfacher geworden. Ihr Bruder hat einen nicht gerade opulent dotierten BAT-Job und eine Frau, die sich um die beiden Kleinen kümmert. Der kann sicher ein paar Euros gebrauchen und hat gewiss keine sentimentalen Anwandlungen, wenn es um die alte Hütte seiner Schwester am Riesberg geht. Der momentane Zeitpunkt ist sogar ideal, da sich die Mehrheit der Stadträte wegen des internationalen Skirennens in einer Euphoriephase befindet. Da kann man sie leicht herumbekommen und dann dem Eschenrieder Paul ein Angebot machen. Es wird bestimmt keine große Summe sein, die Stadt hat ja kein Geld, aber ich bin mir sicher, er wird einschlagen.

Dann schrauben wir im Frühjahr den alten Lift am Glasberg ab und bauen das ganze Zeug am Riesberg wieder auf. Finito – Ende der Geschichte.«

»Wenn mich jetzt mein Gedächtnis nicht völlig trügt, dann sind am neuen Ort noch ein paar Bäume im Weg.«

»Du warst schon immer ein Erbsenzähler«, bemerkte Jo süffisant. »Think big, lautet heutzutage die Devise. Natürlich muss man Platz für die Piste schaffen, eine Zufahrtsstraße bauen und einen Parkplatz anlegen. Wichtig ist jetzt erst einmal der Platz für die Abfahrt, der Rest wird sich peu à peu schon finden.«

Valentin blickte ihn mit zusammengekniffenen Augen an und spielte nachdenklich mit der Kamera. »Jetzt erzähl keinen Blödsinn. Das riecht mir doch nach der üblichen Masche bei staatlichen Projekten. Anfangs werden sie schön gerechnet und niemand kann dazu noch Nein sagen. Nach und nach stellt sich sodann heraus, dass man diverse Gewerke vergessen hat und die ursprünglich avisierten Kosten deutlich höher ausfallen.« Jo schüttelte vehement den Kopf, doch Valentin ließ sich davon in seiner Ausführung nicht stören. »Diese Methode hat früher hervorragend geklappt, doch heutzutage haben die Städte so wenig Geld, dass manche Vorhaben dann tatsächlich halb fertig gestoppt werden. Immerhin hat man in Zwiesel aus Geldmangel letzten Sommer das Freibad mit Sand aufgefüllt und zugesperrt. Da brauchst du mir doch nicht erzählen, dass plötzlich genügend Kohle für einen neuen Skilift da ist.«

»Immer diese krämerhaften Betriebswirtschaftler«, sagte Jo und gestikulierte wild mit den Händen. »Ich habe dir doch vorhin schon gesagt, wenn man etwas bewegen will, dann muss man in anderen Dimensionen denken. Natürlich wurde das alles bedacht. Niemand will sich hier in finanzielle Abenteuer stürzen. Sollte es wider Erwarten pekuniär eng werden, wird man den Weg einer Public-Private-Partnership gehen. Damit bekommst du die Sache locker in den Griff. Capito?«

Axel und Richard blickten verständnislos zu Valentin, der plötzlich laut auflachte und sich mit der Hand an die Stirn fasste. »Kreativ seid ihr schon. Immer einen Blick auf die ganz Großen und alles nachmachen. Dann kann ja nichts schiefgehen, gell! Es gibt doch sicher schon einen präferierten Partner für das Konstrukt. Nur so für den Fall der Fälle, man muss ja Vorsorge betreiben. Ich möchte wetten, das ist einer deiner Kumpels vom Männerabend oder ein Spezi von denen. Habe ich recht?«

Jo wehrte theatralisch mit beiden Händen ab. »Das ist alles streng vertraulich, aber ich kann dir versichern, es ist niemand, den du gemeinhin als Amigo bezeichnen würdest. Er weiß zum jetzigen Zeitpunkt auch noch nichts von der angestrebten Partnerschaft.«

»Jetzt komm schon, Jo, erzähl mir doch keine Geschichten. Kein normaler Mensch fädelt so ein aufwendiges Geschäft ohne die Schlüsselperson ein. Das wäre doch völlig abstrus.«

»Zugegebenermaßen, man kann sich durchaus schon vorstellen, dass er einverstanden wäre. Da läuft kein Schmu, es geht definitiv alles mit rechten Dingen zu.«

»Das glaube ich dir jetzt auch sofort«, sagte Valentin.

»Ehrlich, das ist total sauber«, erwiderte Jo, der sehr wohl den Zwischenton in Valentins Antwort verstand.

Valentin begann erneut, an den beiden Knöpfen der Kamera herumzuspielen, und blickte Jo an. Dieser schnaufte sichtlich genervt tief durch. »Ich kann dir ja den Namen sagen. Wenn es unbedingt sein muss. Doch von mir hast du diese Information nicht. Es ist der Küblböck-Bauer in Unterzwieselau. Das ist ein ganz normaler Mann und hat ganz gewiss keine höheren Ambitionen. Jetzt habe ich dir aber wirklich alles berichtet, was ich weiß. Und du erzählst kein Wort weiter, das ist hiermit ausgemacht. Was ist denn jetzt der Stand bei der Eschenrieder? Habt ihr einen Verdächtigen?«

Valentin reichte ihm die Kamera über den Tisch und grinste. »Verdächtige gibt es viele, aber ich möchte mich da nicht in laufende Ermittlungen der Polizei einmischen. Das wirst du sicher verstehen.«

»Jetzt sei doch nicht so, Valentin. Einen kleinen Happen kannst du mir für dieses Wochenende servieren. Das wäre das Sahnehäubchen neben dem Skirennen. So könnte die lokale Presse wieder einmal etwas eigenständiges Veröffentlichen und nicht immer nur das ganze Zeug der Nachrichtenagenturen abschreiben. Das musst du als Lokalpatriot doch unterstützen.«

»Ich überlege es mir. Wenn ich etwas Konkretes habe, dann melde ich mich.«

Jo wirkte eher unglücklich, als er sich verabschiedete. Nach eigenem Bekunden war er in Richtung Arber unterwegs, um dort rechtzeitig vor dem Rennstart die ersten Interviews zu führen und Fotos zu machen. Kaum hatte er den Raum verlassen, überschütteten die Glasschmiede Valentin mit Fragen. Dieser wollte ihnen allerdings die Neuigkeiten nicht erst erklären, da er zu weit hätte ausholen müssen, sondern rief sofort Sara an. »Raus aus den Federn, ich habe eine neue Spur.«

»Was ist los?«, tönte es aus dem Telefon.

»Es gibt tatsächlich Leute, die einen handfesten Vorteil aus dem Tod von Petra ziehen. Er ermöglicht nämlich den Bau des lange geplanten neuen Skilifts. Dazu ist das Grundstück von Petra unbedingt notwendig.«

»Tut mir leid, aber ich bin noch ziemlich verschlafen und verstehe nicht so recht, auf was du hinauswillst.«

»Ich komme gleich zu dir nach Zwiesel. Bis dahin musst du für mich ein paar Recherchen durchführen. Ich habe da so eine Idee, aber dazu benötige ich einige Hintergrundinformationen.«

Sara fragte nach, welche Erkundigungen sie einholen sollte, und jammerte los, als ihr Valentin klarmachte, was die Aufgabe war. Es war Sonntag und alle Ämter hatten geschlossen. Sie musste also versuchen, die betreffenden Personen zu Hause zu erreichen. Die Frage war, ob sie die Dringlichkeit ihrer Anfrage begreiflich machen konnte, um die Beamten zur Zusammenarbeit zu bewegen. All ihre Einwände bezüglich Staatsdiener und Wochenende prallten erbarmungslos an Valentin ab. Er trieb sie an, es sofort anzugehen. Dann zog er seine Wintersachen an und begann, den Unimog so weit freizuschaufeln, dass er sich auf den Weg machen konnte. Er war sich sicher, dass er ihm heute noch gute Dienste zu leisten hatte, weshalb er auf den Fahrservice verzichtete.

In Zwiesel wartete Sara bereits vor der Tür ihres Hauses in der Rachelstraße. Sie winkte, als der Unimog näher kam. Valentin hielt und sie kletterte in die gut geheizte Fahrerkabine. Er sah sie fragend an. »Hast du schon etwas herausbekommen?«

»Deine Fährte ist vielversprechend. Doch zuerst will ich bitte schön wissen, woher du diesen Hinweis hast. So etwas erzählt man doch normalerweise nicht weiter.«

Valentin begann, ihr von Jo und dessen Männerabend zu berichten. Als er die Public-Private-Partnership erwähnte, ächzte sie laut auf.

»Das käst mich wirklich an. Es ist immer wieder die gleiche Masche. Wie oft muss sich so etwas eigentlich noch wiederholen, bis die Leute merken, dass sie verarscht werden?«

»Na ja, so primitiv hat man das ja nicht eingefädelt. Ich denke, der Bruder bekommt ein leidlich akzeptables Angebot für das Grundstück. Aller Voraussicht nach wird er einschlagen und die entsprechenden Leute präsentieren dies dann als großen Erfolg. Einige Zeit später stellt man überrascht fest, dass zu einem vollständigen Skilift weitere Infrastruktur gehört. Da ein halb fertiger Lift eine politische Katastrophe wäre, die Stadt jedoch kein zusätzliches Geld investieren kann, bleibt dem Stadtrat nichts anderes übrig, als dem Konstrukt zuzustimmen. Sonst kommen sie aus der verzwickten Situation nicht wieder heraus. Genau das ist der Trick bei der ganzen Geschichte. Ich bin sicher, dass dies niemand durchblickt beziehungsweise überhaupt durchblicken will, außer die, die die Kohle absahnen.«

»Der Joker bei diesem Spiel heißt tatsächlich Küblböck. Dem gehören nämlich die Grundstücke für den Parkplatz. Das habe ich in der letzten Stunde mit etwas Internet, Telefonieren und gutem Zureden herausbekommen. Den müssen wir uns vornehmen.«

»Deshalb bin ich ja mit dem Unimog gekommen. Dann kämpfen wir uns mal bis Unterzwieselau durch.«

Valentin legte den ersten Gang ein und fuhr über die zugeschneiten Straßen in Richtung Osten. Er drehte den Kopf zu Sara und fragte: »Was ist dieser Küblböck eigentlich für ein Mensch? Kennst du den? Oder hast du da etwas über ihn herausgefunden?«

»Nein, ich kenn ihn nicht persönlich und habe leider nur Oberflächliches in Erfahrung bringen können. Er ist angeblich ein einfacher Waldbauer, der nebenbei noch eine kleine Landwirtschaft betreibt. Ansonsten keine Besonderheiten.«

»Also sozusagen genau der Typ, der einer Stadtverwaltung ein Triple-P-Konstrukt mit einem dazugehörigen Vertragswerk von mehreren hundert Seiten vorschlagen würde«, sagte Valentin und konnte sich ein Grinsen nicht verkneifen. »Wenn mir da der Jo nicht einen gewaltigen Bären aufgebunden hat.«

»Das werden wir ja in Kürze wissen. Jetzt pass aber lieber auf, dass du auf der Straße bleibst. Man kann sie ja überhaupt nicht mehr erkennen.«

Sie fuhren langsam mit Allradantrieb auf einer zugeschneiten weißen Fläche. Der einspurige Fahrbahnverlauf war lediglich dank der über zwei Meter hohen orange-schwarz gestrichenen Schneestangen zu erkennen. Valentin musste extrem darauf achten, zwischen diesen Markierungen zu bleiben. Nach einer halben Stunde für vier Kilometer trafen sie endlich am Ziel ein.

Der Küblböck-Hof in Unterzwieselau war für den Bayerischen Wald ein verhältnismäßig großer Dreiseithof. Allerdings machte er nicht den Eindruck eines blühenden Betriebs. Küblböcks Frau, eine unauffällige braunhaarige Mittvierzigerin, hielt sich im Wohnteil des Hofs auf und wies ihnen ohne viele Worte den Weg zu ihrem Mann. Dieser war im ehemaligen Heuschober des Hofs zugegen.

Walter Küblböck steckte in einem blauen Overall, über den er eine ärmellose Jacke trug. Feste schwarze Arbeitsschuhe und lederne Handschuhe vervollständigten seine Montur. Seine Statur war kräftig und nicht allzu groß. Am Kopf hatte er nur noch wenige borstige Haare und kleine listige Augen blickten Valentin unter dichten Brauen an. Der große Raum war vollgestellt mit land- und forstwirtschaftlichen Maschinen. Offensichtlich war Küblböck ein großer Liebhaber mechanischer Arbeitsgeräte.

Valentin erkannte zwei ältere Motorräder, die verstaubt in einem dunklen Eck standen. Eines besaß einen luftgekühlten Boxermotor und das andere einen Motor mit Zylindern in V-Anordnung. Diese beiden Maschinen hätte er sich gerne näher angesehen. Doch Sara stellte nach kurzer Begrüßung in ihrer direkten Art gleich die erste Frage. »Laut Grundbuch sind Sie der Besitzer der Wiesen für den neuen Skilift am Riesberg?«

Küblböck ließ sich Zeit mit einer Antwort. Er sprach zwar niederbayerisch, doch war der Dialekt längst nicht so ausgeprägt, wie Valentin erwartet hatte. »Das ist ja kein Geheimnis. Allerdings gehört das wichtigste Stück der Eschenrieder Petra beziehungsweise demjenigen, der das ganze Zeug nun erbt. Ist ein schöner Wald, den hätte ich gerne.«

»Den müsste man ja für den Skilift abholzen. Zusätzlich benötigt man auch noch Ihren Grund dafür.«

»Das ist eine uralte Geschichte. Die zieht sich schon seit vielen Jahren hin. Zum Riesberg gibt es sogar zwei oder drei Alternativen, die haben freilich alle Nachteile. Bei einer liegt der Hang nach Süden und beim anderen Standort wäre die Piste zu kurz. Wird der Skilift allerdings dort oben am Berg gebaut, dann wär das für mich schon ein kleiner Glücksfall. Mit den Wiesen kann ich ohnehin nicht viel anfangen, bin ja hauptsächlich Waldbauer. Außerdem sind sie für die Weidewirtschaft zu nass.«

»Würden Sie dann der Stadt den Grund verkaufen, oder wie ist das denn geplant?«

Küblböck zuckte mit den Schultern. »Mit mir hat noch niemand gesprochen. Ich kenne nur die Gerüchte, die man sich am Sonntagvormittag beim Frühschoppen erzählt.«

Sara blickte ihn starr an und ließ nicht locker. »Würden Sie im Falle eines Falles denn die Wiesen veräußern?«

»Na ja, so schlecht ist der Grund dort oben auch wieder nicht. Einfach hergeben möchte ich ihn nicht. Wenn die Stadt es allerdings unbedingt will, dann könnte man ja über eine Pacht reden oder vielleicht über so eine Partnership. Dann käme jeder auf seinen Schnitt.«

»Wie kann ich mir das vorstellen? Die Stadt baut den Lift und sie verpachten für 50 Jahre die Wiese für den Parkplatz?«

Küblböck schüttelte vehement den Kopf. »Das mache ich ganz sicher nicht. Ich gebe doch den Grund nicht für 50 Jahre aus den Händen und die machen damit, was sie wollen. Das wird so nicht laufen. Die Wiese behalte ich, doch die Stadt kann sie nutzen. Als Entgelt kann ich mir so etwas wie eine Parkplatzgebühr mit einem fixen Sockelbetrag von der Stadt vorstellen. Doch wie gesagt, mit mir hat noch keiner gesprochen. Das sind alles nur meine ganz privaten Gedankenspiele.«

»Der Ausbau einer nassen Wiese als Parkplatz dürfte aber nicht billig werden. Zudem muss man den ja unterhalten und im Winter räumen.«

»Junge Frau«, sagte Küblböck, »hier stehen genügend Maschinen herum, um so ein Parkplätzchen das ganze Jahr über in Schuss zu halten. Das ist nicht das Problem. Und das mit dem Geld lassen Sie mal meine Sorge sein. Es gibt ja Leute, die haben so viel davon, dass sie es sogar verleihen.«

»Wo waren Sie eigentlich am Donnerstagabend?«

Walter Küblböck lachte laut auf. »Auf die Frage habe ich die ganze Zeit schon gewartet. Jeden Donnerstag bin ich im Schützenhaus in Bärnzell. Die nächste Frage kann ich vorneweg auch schon beantworten. Der Zwiesler Polizeichef Max Schmidt kann sich ganz sicher gut daran erinnern, dass ich den ganzen Abend anwesend war, weil ich ihn diesmal beim Großkaliberschießen total abgefieselt habe. Das wird der so schnell nicht vergessen.«

Sara wollte gerade eine weitere Frage stellen, als ihr Handy klingelte. Entnervt ging sie ein paar Schritte zur Seite und nahm ab. Währenddessen besah sich Valentin die beiden Motorräder. Er wollte die Befragung nicht ohne Sara fortsetzen, das hatte keinen Sinn.

Sara kam wieder zurück. Valentin sah ihr an, dass es ein kein normales Telefonat war und sie wahrscheinlich Ärger hatte.

»Vielen Dank für die freiwilligen Auskünfte, das hat uns sehr geholfen.«

»Das habe ich doch gerne getan. Mittlerweile bin ich schon in Übung. Die Kollegen waren bereits gestern da.«

Sara nickte ihm zu, drehte sich um und strebte in Richtung Unimog. Valentin folgte ihr und fragte sich insgeheim, ob der Anruf den plötzlichen Abzug verursacht hatte. Als sie wieder in ihrem Fahrzeug saßen und er den Motor vorglühte, fragte er nach.

»Der Fuchs war dran. Er hat etwas Wichtiges herausbekommen, wollte aber am Telefon nicht darüber sprechen. Ich muss mich stante pede bei ihm am Arber melden.«

»Das finde ich jetzt schon interessant, wie er die Abhörsicherheit von Mobiltelefonen beurteilt«, sagte Valentin grübelnd. »Ich bin dann mal neugierig, was er denn so ermittelt hat.«

»Mir schwant da etwas ganz Bestimmtes. Hoffentlich täusche ich mich.«

»Dann brausen wir jetzt mal mit unserem Arbeitstier zum Arber. Sind dir eigentlich die beiden Motorräder aufgefallen? Das waren richtig schöne Teile. Da müsste man allerdings einiges an Zeit und Geld investieren, um die startklar zu machen. Dann würden die wieder richtig gut aussehen.«

»Männer«, seufzte Sara und rollte mit den Augen, »denken immer nur an ihren Spaß.«

Valentin ging nicht weiter darauf ein. »Rechts davon stand im Übrigen eine nagelneue Brennholzmaschine.

Ich kenne mich damit zwar nicht gut aus, doch könnte es einer dieser Vollautomaten gewesen sein, bei denen du vorn die Baumstämme reinsteckst und hinten kommt das Holz sauber abgelängt und in handliche Scheite gespalten wieder raus.«

»So eine Maschine ist doch für einen Waldbauern gewiss nicht unüblich«, bemerkte Sara.

»Da brauchst du schon richtig viel Wald, damit sich so etwas rechnet. Außerdem war das Teil neu, das hat er sicher noch nie außerhalb seiner Scheune in Betrieb gehabt.«

Nach einer kurzen Pause hob Sara die Augenbrauen. »Aha, das meinst du damit. Die Maschine hat er sich von der ersten Rate gekauft, die er von unserem Mann aus dem Hintergrund erhalten hat. Dass der Küblböck selbst auf die Public-Private-Partnership kommt, glaube ich im Leben nicht. Der ist zwar nicht dumm, aber für solche Konstrukte muss man schon etwas mehr draufhaben.«

»Vor allem brauchst du da unmittelbare Kontakte zu den Entscheidern, sonst läuft das nicht. Die hat er definitiv nicht, dazu ist er in der falschen Kaste.«

»Ich werde vorsichtshalber sein Alibi überprüfen. Als Arbeitshypothese sollten wir davon ausgehen, dass deine Annahme stimmt. Wir müssten also herausfinden, wer die Hintermänner sind. Diese haben durch Petras Tod den größten Vorteil.«

»Das kann nur eine Einzelperson sein, alles andere ist zu kompliziert. Ich stelle mir vor, dass die Stadträte mit geeigneten Argumenten dem Bau des neuen Skilifts zustimmen. Man kauft dem Bruder der Eschenrieder das Grundstück ab, rodet den Wald und versetzt den vorhandenen Lift auf den Riesberg. Dann entdeckt man zufällig, dass ein Parkplatz ebenfalls vonnöten ist, und zaubert die Private-Public-Partnerschaft aus dem Hut. Dies ist für die Stadt mit keinen Mehrkosten verbunden, da der Küblböck respektive der Hintermann den Ausbau übernimmt. Die Parkplatzgebühr spielt dann einiges in die Kasse. Und die Kosten, also der Lift, werden sozialisiert, die Gewinne privatisiert.«

»Da spricht wieder der BWLer. Du musst ja wissen, wie so etwas abläuft«, sagte Sara. »Nun haben wir zwar herausgefunden, wie man es vermutlich geplant hat, aber offen ist, wer im Hintergrund die Strippen zieht. Der Walter Küblböck gewiss nicht.«

»Ich weiß, BWLer-Bashing ist seit der letzten Finanzkrise stark in Mode, aber steck bitte nicht alle in dieselbe Schublade. Manche sind ganz nett, und logisches Denken bringt man selbst den Dümmeren in zwölf Semestern Studium bei.« Valentin blickte konzentriert auf die Straße und steuerte vorsichtig das Allradgefährt. Dann fuhr er fort: »Mein Kumpel Jo hat mich heute früh angeschwindelt.«

»Was hat er denn zu dir gesagt?«

»Den genauen Wortlaut habe ich jetzt nicht mehr parat, aber es ging in die Richtung, dass der Küblböck keine Ahnung von der geplanten Public-Private-Partnership hat. Man will angeblich erst später mit ihm darüber sprechen. Gerade eben erwähnte unser Waldbauer aber explizit das Wort *Partnership*.«

»Das Wort passt nicht so recht zu einem Landwirt aus dem Bayerischen Wald.«

»Exakt. Der weiß haargenau über das Projekt Bescheid. Wäre ja auch ziemlich töricht, ihn nicht von Anfang an einzubinden. So wie ich den einschätze, würde der die Hintermänner gnadenlos abzocken, wenn er mitbekommt, wie wichtig er für das Konstrukt ist. Solche Leute brauchst du von Anfang an im Boot und du musst ihnen auch zu einem frühen Zeitpunkt einen Brocken Fleisch hinwerfen, damit sie später nicht auf dumme Gedanken kommen.«

»Das klingt plausibel. Deshalb also die neue Brennholzmaschine. Das mit den Betriebswirten nehme ich im Übrigen nicht zurück. Du hast mir eben bestätigt, dass sie noch viel schlimmer sind als befürchtet. Solche Gedankengänge und Theorien sind doch abartig.«

Valentin ging nicht auf ihre Äußerung ein und überlegte laut: »Eines verstehe ich allerdings überhaupt nicht. Warum hat mich der Jo angelogen? Dem musste doch klar sein, dass ich seine Aussage über den Küblböck überprüfe.«

Sie fuhren eine Weile schweigend durch die weiße Landschaft. Dann erreichten sie die geräumte Staatsstraße in Richtung Eisenstein und zum Arber. Valentin überlegte, ob er die Schneeketten abnehmen sollte, aber dazu war er im Augenblick zu bequem. Seine Ausrede war, dass sie sich beeilen mussten. Der Terrorjäger wartete auf sie, und so wie er sich an das kurze Zusammentreffen im Zwiesler Rathaus erinnerte, war er ein recht ungeduldiger Mensch, der sehr unangenehm werden konnte. Er dachte noch an ihre andere Begegnung während der Eintragung in das Goldene Buch. Ihn durchfuhr eine Idee und er drehte ruckartig den Kopf zu Sara. »Ich habe da eine Frau bei dem Empfang im Zwiesler Rathaus kennengelernt.«

Sara unterbrach ihn kopfschüttelnd. »Mir musst du nichts beichten, höchstens deiner Frau.«

»Blödsinn, darum geht es doch gar nicht. Eine Doppelnamenfrau. Sie hieß Meier-Küblböck. So viele Leute mit so einem Namen leben nicht in dieser Gegend, als dass es da nicht einen Zusammenhang geben könnte. Ihr Mann hat das große Sportgeschäft in Zwiesel und ist meiner Ansicht nach mit Gott und der Welt vernetzt. Das könnte doch passen.«

»Hmm«, gab Sara von sich und zog die Stirn in Falten. »Lass mich das mal kurz recherchieren. Es sollte nicht so schwierig sein, herauszufinden, aus welcher Familie sie stammt. Sprach sie niederbayerisch?«

»Vom Dialekt klang es einheimisch, sie könnte zu unserem Waldbauern passen, auch vom Alter her.«

Sara achtete jedoch schon nicht mehr auf ihn, sondern hatte bereits ihr Telefon in der Hand und tippte eine Nummer ein. »Ich ruf kurz den Sebastian an. Das ist mein neuer Kollege bei der Polizei, der kann das sicher für uns auf die Schnelle herausfinden.«

Trotz des Lärms, den die Schneeketten verursachten, konnte Valentin dem Gespräch ganz gut folgen.

»Servus, Sebastian«, begann Sara, »ich bin immer noch in Sachen Osserriese unterwegs. Du müsstest für mich mal kurz etwas recherchieren.«

Sara hörte kurz zu und schüttelte dann vehement den Kopf. »Nein, ich brauche die Resultate schleunigst. Setz dich bitte sofort an den Computer und finde Folgendes heraus: Wie war der Mädchenname der Meier-Küblböck vom Sportgeschäft in Zwiesel und wo wurde sie geboren? Jetzt beeile dich, ich warte.«

Sie hielt die Hand vor das Mikrofon und blickte zu Valentin hinüber. »Er ist ja ganz gutmütig und man kann alles von ihm haben. Allerdings ist er leider nicht der Schnellste.«

Valentin lächelte und konzentrierte sich weiter auf die Straße.

»Ich bin noch dran, Sebastian. Rede bitte etwas lauter. Was hast du herausgefunden?«

Sie schwieg einen Moment und aus den Augenwinkeln bemerkte Valentin plötzlich, dass ein Grinsen über ihr Gesicht huschte.

»Danke, Sebastian. Das hilft mir weiter.« Sara drehte sich zu Valentin. »Volltreffer, deine Meier-Küblböck ist die Schwester von unserem Waldbauern.«

KAPITEL 22

»Da sind Sie ja endlich«, begrüßte der Terrorjäger Sara barsch. Er steckte in einem Schneetarnanzug mit einer überdimensionalen Pistole im Gürtelholster. Kein Lächeln huschte über sein Gesicht. Valentin bedachte er kurz mit einem abschätzigen Blick und wandte sich sofort wieder an Sara. »Es gibt neue Erkenntnisse, die ich mit Ihnen diskutieren muss. Allerdings nur mit Ihnen.« Er warf wieder einen eindeutigen Blick zu Valentin.

Sara zuckte die Schultern und setzte an zu widersprechen, doch Valentin kam ihr zuvor und entschärfte die Situation. »Lass es gut sein, ich hab ohnehin Hunger wie ein Bär. Wenn ihr hier fertig seid und du Zeit hast, dann komm nach. Du findest mich in der Nähe von Volkans Imbissstand.« Er nickte dem Terrorjäger zum Abschied zu und schlenderte in Richtung Zieleinlauf.

Der erste Durchgang des Rennens hatte bereits begonnen, und ungeachtet der verschneiten Anfahrtswege waren reichlich Zuschauer eingetroffen. Allen Befürchtungen zum Trotz präsentierte sich der Bayerische Wald heute mit bestem Wetter. Der stahlblaue Himmel, der blendend weiße Schnee und die knallroten Fangzäune neben der Piste bildeten einen wunderbaren Kontrast, der auf den Fotos und der Liveübertragung sicherlich den gewünschten Werbeeffekt bewirken würde.

Valentin ging die letzten hundert Meter vor dem Zieleinlauf an der Rennstrecke entlang. Am talwärtigen Ende des Zieleinlaufs führt ihn sein Weg an einem großen Metallgerüst vorbei, auf dem sich schalldichte Kabinen für die Reporter befanden. Direkt daneben standen Zuschauer, die die Rennläuferinnen lautstark anfeuerten.

Doch Valentin hatte gerade wenig für den Rennzirkus übrig. Ihm knurrte der Magen. Nicht allzu weit entfernt, jedoch ohne direkten Blick auf den Zieleinlauf, erkannte er den Imbissstand von Volkan. Dort war richtig viel los, obwohl das Rennen in vollem Gange war. Auch einige der auffällig gekleideten Models standen gelangweilt in der Nähe herum. Vielleicht hatte Volkan ihnen ein Glas Sekt spendiert, um auf diesem Wege hungrige Männer zu ködern. Allein mit seinen Dönern hatte er sie nicht in die Nähe seiner Bude locken können.

Er begrüßte Volkan, bestellte Erbsensuppe mit Wiener und dazu einen Glühwein. Dann bummelte er zu den Stehtischen und hielt Ausschau nach jemandem, den er kannte. Tatsächlich stand da Max Wenig mit einem stilechten Weißwursttopf, Brezen und einem frischen Weißbier. Der klassische Bayer beim zweiten Frühstück, urteilte Valentin für sich. Wenig erkannte ihn und forderte ihn auch gleich auf, sich zu ihm an den Tisch zu stellen.

»Du solltest unbedingt die Weißwürste probieren. Der Volkan ist in dieser Hinsicht ein regelrechtes Trüffelschwein. Der hat einen super Riecher, wenn es um gute Sachen geht. Willst eine?« Wenig deutete auf die im dampfenden Wasser schwimmenden Würste.

»Vielen Dank, aber mit meiner Erbsensuppe bin ich ganz zufrieden. Was machst du denn hier?« Auch wenn ihm das eher fremd war, jemanden nach dem ersten Treffen gleich zu duzen, versuchte sich Valentin anzupassen. Wohl war ihm dabei nicht, aber bei manchen Leuten ging es eben nicht anders.

»Die Tribünen und Reporterhäuschen da hinten hatte es über Nacht komplett eingeschneit. Wir mussten sie heute früh freischaufeln und bezugsfähig machen. Und jetzt warte ich bis zum Ende des ersten Durchgangs und dann fangen wir an, die Hinweistafeln unten am Parkplatz aufzuräumen. Anschließend folgt der Rest.«

»Sag mal, du bist doch auch bei der Rauhnacht dabei. Ist da nicht heute ebenfalls Abbau? Axel und Richard wollten da hin.«

Wenig stöhnte und ließ etwas die Schultern hängen. »Dieses Wochenende kommt alles zusammen. Ab mittags muss ich in der Au sein. Die hier kommen dann hoffentlich auch ohne mich zurecht. Bis Montag früh muss aus der Bürgerhalle so viel von der Dekoration raus, dass die Kinder wieder turnen können. Das müssen wir schaffen. Eigentlich wären genügend Leute da. Man muss sie nur antreiben. Ich hoffe, du bist auch dabei.«

Valentin erinnerte sich lebhaft an das feldwebelhafte Gebrüll von Wenig beim Aufbau der Rauhnacht. Er konnte sich gut vorstellen, dass er mit dieser Art aus den Leuten viel herausholte, aber manche Helfer zugleich verschreckte.

Kurz darauf verabschiedete sich Wenig und machte sich auf den Weg zu den Abbauhelfern. Valentin blickte ihm nach. Als zwei der auffälligen Werbefrauen seinen Blick kreuzten, legte sich von hinten eine Hand auf seine Schulter.

»Denk dran, du bist glücklich verheiratet und willst es auch bleiben«, sagte Sara und stellte sich neben ihn.

»Schauen wird man ja wohl noch dürfen. Ist dir eigentlich aufgefallen, dass die alle von dem Meier engagiert wurden? Sein Sportgeschäft wird ganz groß auf der Jackenrückseite beworben.«

»Strategisch völlig der falsche Platz, sage ich dir, auf die Rücken der Damen schaut doch wohl kein Mensch«, bemerkte Sara anzüglich.

»Alles andere wäre ja zu offensichtlich. Man soll schließlich die Beschriftung lesen und nicht ausschließlich schmutzige Gedanken haben«, argumentierte Valentin und konnte ein lautes Lachen nicht mehr unterdrücken. Sara stimmte ein und sie ernteten irritierte Blicke von zwei Models, die sich umgedreht hatten. Als sie sich wieder beruhigt hatten, erkundigte sich Valentin nach der Unterhaltung mit dem Terrorjäger.

»Letzte Nacht stimmte er seinen Boss um und bekam postwendend weitere Unterstützung. Nun lungern in dem Überwachungscontainer vier so Einzelkämpfertypen herum. Heute in aller Herrgottsfrühe haben sie die besagte Wildkamera entdeckt. Frag mich nicht, wie sie die in der kurzen Zeit finden konnten. Ich befürchte jedoch, sie sind deutlich intelligenter, als sie auf den ersten Blick wirken.«

»Oje«, entfuhrt es Valentin, »nun haben sie den Köck am Wickel. Das tut mir echt leid. Eigentlich ist er ja nur ein weltfremder Idealist, der über die Stränge geschlagen hat.«

»Was hat denn der Köck damit zu tun?«, fragte Sara. »Das ist ein engagierter Lehrer der Glasfachschule und in seiner Freizeit auch noch ein guter Schlagzeuger.«

Valentin blickte sie verständnislos an. »Du hast doch gesagt, sie haben die Wildkamera gefunden. Das Porträt von Köck als Osserriese sollte doch mit deren Mitteln in kurzer Zeit für eine Identifizierung ausreichen.«

»Schau, Valentin, du musst genau auf meine Worte achten. Ich habe gesagt, dass sie die Kamera gefunden haben«, erklärte Sara ganz langsam, so als ob Valentin begriffsstutzig wäre. »Von irgendwelchen Fotos habe ich nichts gesagt. In der Eiseskälte hat sich nämlich der Akku unglaublich schnell entladen und auf der sichergestellten Speicherkarte war demzufolge kein einziges Bild. Der Jagdpächter wunderte sich allerdings, weil die Kamera bisher immer recht gut funktionierte. Allerdings war sie eines dieser Schnäppchen vom Discounter, und damit hat ja jeder so seine Erfahrungen.«

Valentin blickte sie völlig entgeistert an. »Du hast die Speicherkarte gelöscht? Mensch, Sara, du kannst doch als Polizistin keine Beweise unterschlagen. Das kostet dich Kopf und Kragen.«

»Ich denke, dass man als mündiger Bürger aktiven Naturschutz durchaus unterstützen soll. Außerdem bin ich doch nicht so blöd und lösche die Speicherkarte. Gerade du solltest doch aufgrund unserer Erlebnisse von vor Weihnachten wissen, dass man trotzdem alle Daten rekonstruieren kann.«

»Was hast du dann gemacht?«

»Na ja«, sagte sie mit Unschuldsmiene, »ich habe eine neue Karte gekauft. Natürlich in bar bezahlt. Bevor ich sie wieder in die Kamera gesteckt habe, muss ich wohl dummerweise die Batterie eine Zeit lang kurzgeschlossen haben. Also gab es keine neuen Fotos. Das war es auch schon.«

»Was ist mit der alten Karte passiert? Du hast sie hoffentlich nicht weggeworfen.«

»Die ist an einem sicheren Platz. Sollte sich wider Erwarten herausstellen, dass der Köck doch Dreck am Stecken hat, dann wird sie wieder ans Tageslicht kommen. Da habe ich schon ein paar Ideen, wie ich das elegant und unauffällig hinbekomme.«

»Ich kann mir vorstellen, dass der Terrorjäger jetzt stinksauer ist. Da rennt ihm das Wild direkt vor die Flinte und unmittelbar vor dem Fangschuss hüpft es wieder davon.«

»Der ist auf hundertachtzig. Zumal er auch noch voll die Panik hat, dass es heute einen weiteren Anschlag gibt.

Dann stünde er äußerst blöd da, hat er doch eigens zum Schutz eine Horde Gorillas und weitere Hightech-Gerätschaften bekommen. Mit der Ausrüstung, die er inzwischen in seinem Container angehäuft hat, könntest du mehrere Tage lang einen mittleren Krieg führen. Ich kann bloß hoffen, dass der Köck mit einer Tüte Chips in der Hand brav zu Hause in die Röhre glotzt. Alles andere wäre für ihn wahrlich lebensgefährlich.«

»Was hat der Terrorjäger nun eigentlich von dir gewollt?«

»Ich weiß es ehrlich gesagt nicht so genau. Er hat mir seine Entdeckungen mitgeteilt und wollte meine Meinung dazu hören. Ich glaube nicht, dass er etwas von unseren Nachforschungen bezüglich der Wildkamera mitbekommen hat. Kurz nachdem ich zum zweiten Mal bei der Kamera war, hat starker Schneefall eingesetzt. Die Spuren von uns beiden waren weg. Nun habe ich den Auftrag, mich unauffällig auf der Veranstaltung umzusehen und ihm verdächtige Personen per Funk zu melden. Völlig überraschend hat er vorhin festgestellt, dass ich eine Frau bin. Deshalb soll ich mich mehr auf die Überwachung der Zuschauer konzentrieren, während seine hochgerüstete Streitmacht hauptsächlich den weiblichen Werbeträgern hinterherhechelt.« Sie blickten sich beide in die Augen und mussten erneut laut lachen.

»Tja«, sagte Valentin, nachdem sie sich wieder beruhigt hatten, »jetzt kommt wohl der Ernst der Dinge auf uns zu. Was machen wir mit dem Michael Meier?«

»Lass uns mal rekapitulieren, was wir bisher zusammengetragen haben, und dann entscheiden wir über das weitere Vorgehen. Hier und heute haben wir ja alle Akteure beisammen.«

»Also gut«, antwortete Valentin und überlegte einige Augenblicke. »Wir haben eine Stadtverwaltung, die einen besseren Standort für den vorhandenen Skilift sucht. Ein möglicher Platz ist am Riesberg, doch leider besitzt oder besaß die Petra Eschenrieder ein Sperrgrundstück. Solange sie dieses nicht verkauft und aus ihrem alten Haus auszieht, wird es nichts mit dem neuen Lift. Ihr Freund, der Skilehrer, versucht sie allerdings zum Verkauf zu drängen, weil er sich einen Vorteil für seine Karriere als Trainer der Skimannschaft verspricht. Doch ihr Geliebter, der Köck, schafft es immer wieder, sie vom Gegenteil zu überzeugen. Mal sagt sie Ja zum Verkauf und ein andermal wieder Nein.«

»Ich kann mir gut vorstellen, dass dieser Wankelmut gewisse Leute ganz schön zur Verzweiflung brachte. Immerhin geht es dabei um eine Menge Kohle.«

»Es geht vor allem um die Möglichkeit, viel Geld zu verdienen, zumindest wenn man es klug einfädelt. Da kommen wir nun zur aktuellen Situation. Die Stadt könnte vermutlich das Geld für das Eschenrieder Grundstück aufbringen, doch beim Rest sieht es mau aus. Also hat unser umtriebiger Stadtrat und Sportgeschäftsbesitzer Michi Meier die Idee einer Public-Private-Partnership. Glücklicherweise besitzt der Bruder seiner Frau das passende Grundstück für den Parkplatz.«

»Ohne es gegenwärtig beweisen zu können, bin ich der Meinung, dass dies mit Glück rein gar nichts zu tun hatte. Der Meier hat den Stadträten den Riesberg so lange schmackhaft gemacht, bis diese einhellig der Meinung waren, dass es der optimale Standort für den Skilift ist. Im Hinterkopf hatte er dabei natürlich das Grundstück seines Schwagers. Blöderweise gab es da noch die Petra mit ihrem Häuschen im Wald, die nicht verkaufen wollte. Wetten, dass es auch eine Verbindung zwischen Meier und Westermann gibt. Meier hat viel Geld und definitiv gute Kontakte zu wichtigen Leuten. Der kann Westermann bestimmt bei seinen Trainerambitionen unterstützen. Petras Besitz am Riesberg war dafür die Gegenleistung.«

Valentin blickte nachdenklich in die Ferne. Er trank von seinem mittlerweile lauwarm gewordenen Glühwein und blickte dann Sara in die Augen. »Das würde durchaus ins Schema passen. Nun ja, um die Sache überhaupt ins Rollen zu bringen, braucht Meier zuerst Petras Grundstück. Dann würde er den Stadtratsbeschluss für den neuen Lift schon irgendwie hindeichseln. Nach einer Weile könnte man dann in alter Tradition kommunaler Bauvorhaben überrascht feststellen, dass alles viel teurer wird als geplant, und Meier kommt als Retter in der Not mit der Idee einer Partnerschaft um die Ecke. Da müsste er persönlich anfangs einiges investieren, doch auf lange Sicht ist das über Jahre hinaus eine ständig sprudelnde Geldquelle. Wenn er es ganz geschickt anstellt, dann garantiert der Public-Private-Partnership-Vertrag sogar eine Mindestrendite, analog wie bei Toll Collect. Damit seine Verstrickung nicht allzu offensichtlich wird, läuft die ganze Aktion über den Bruder seiner Frau. Das Geld jedoch stammt von Meier. Ich möchte wetten, dass es sich dabei um unversteuerte Einnahmen aus dem Sportgeschäft handelt.«

»Nur gab es da die Petra, die von ihren beiden Männern abwechselnd bequatscht wurde. Irgendwann ist es dann jemandem zu viel geworden, und dieser Jemand hat die Reißleine gezogen. Eigentlich wäre der Westermann ein guter Kandidat dafür, doch der hat ein Alibi. Der andere Kandidat ist der Meier. Der hat kein Alibi. Das habe ich in den Ermittlungsakten gelesen. Als Praktikantin bei der hiesigen Polizei gibt es gewisse Möglichkeiten, die laufenden Ermittlungen zu verfolgen.«

Valentin blickte Sara nachdenklich an. »Aus meiner Sicht ist das alles schlüssig. Doch jetzt zu meiner Frage vom Anfang. Wie machen wir weiter?«

»Mein Lieber, wir haben genug theoretisiert. Nun müssen wir es durchziehen und uns den Meier schnappen. Den Mord können wir ihm nicht direkt nachweisen, aber alles deutet darauf hin, dass er in der Au war. Vielleicht wollte er die Petra nur zum Verkauf überreden und das Gespräch ist aus dem Ruder gelaufen. Ein

Schubs und sie fiel mitsamt ihrem Osserriesenkopf auf die Straße.«

»Dann machen wir uns mal auf die Suche. So wie ich den Meier einschätze, hält er sich mit seinen Spezis im abgetrennten VIP-Bereich auf. Dafür habe ich einen Zutrittsausweis und für dich ist es ja eh kein Thema reinzukommen.«

KAPITEL 23

Der VIP-Bereich direkt am Zieleinlauf war gut besucht. Valentin sah viele Gesichter, die er noch aus seiner Zeit als Controller bei der Zwiesler Glasfabrik BGI kannte. In der Mitte des Pulks entdeckten sie Michi Meier, der laut lachend mit einigen Volksvertretern und Geschäftsleuten beisammenstand.

Valentin war es äußerst unangenehm mit Mordvorwürfen in so eine illustre Runde zu platzen. Das konnte im Grunde genommen nur schiefgehen. Im besten Fall würden sie sich lächerlich machen. Im schlimmsten Fall jedoch hätten sie eine Anzeige am Hals, und Sara wäre ihren Job los. Doch Sara machte das offensichtlich überhaupt nichts aus. Sie manövrierte zielstrebig auf die Gruppe zu und baute sich vor Meier auf, der sie interessiert anblickte. Selbst als sie ihm die Dienstmarke unter die Nase hielt, wirkte er noch ganz entspannt.

»Herr Meier, würden Sie bitte mitkommen. Wir haben einige Fragen an Sie.«

Meier machte eine ablehnende Geste und lächelte noch immer. »Das können wir sicher auch später besprechen. Sie sehen doch, dass es jetzt nicht passt.«

Sara setzte zu einer Erwiderung an, als sie von hinten barsch unterbrochen wurde.

»Frau Lillem, treten Sie mal zur Seite.«

Sie und Valentin drehten sich überrascht um und erblickten den Polizeichef Max Schmidt und zwei seiner uniformierten Kollegen. Schmidt warf Sara einen bösen Blick zu und sprach dann mit ernster Miene zu Meier: »Herr Meier, ich muss Sie auffordern, uns zu begleiten. Eines gleich vorab, sollten Sie sich weigern oder Schwierigkeiten machen, so werden Sie die beiden Beamten abführen.«

»Hey, Max, was soll denn das? Seid ihr jetzt alle durchgedreht oder was? Zuerst will deine Kollegin mit mir sprechen, und dann kommst du daher und willst mich gleich mitnehmen. Ich schaue mir hier mit ein paar Freunden das Skirennen an, und ihr kommt mit einem Großaufgebot.« Er wandte sich erbost zu seinen Begleitern, die ebenfalls entgeistert die Polizeistreitmacht ansahen. Meier lachte humorlos und fragte: »Was werft ihr mir denn eigentlich vor? Stehe ich unten auf dem Parkplatz im Halteverbot oder ist der TÜV am Auto abgelaufen?«

Einige der Umstehenden versuchten ein Grinsen, das ihnen aber nicht recht gelingen wollte. Valentin stand schräg hinter Schmidt und hatte die Gruppe genau im Blick. Allen schien die Situation unangenehm zu sein. Die meisten wären wohl am liebsten ganz weit weg gewesen oder hätten zumindest die Aktion nicht in unmittelbarer Nähe verfolgt. Die anwesenden Politiker hatten am schnellsten reagiert, und Valentin bemerkte, dass sie bereits ein wenig von dem Stehtisch und damit von

Meier abgerückt waren. Als ob sie dadurch zeigen wollten, dass sie Meier eigentlich doch nicht so gut kannten. Dieses Gebaren wurde noch verstärkt, als Schmidt leise, aber durchaus für die Umstehenden verständlich, den Grund seiner Anwesenheit aussprach.

»Sie stehen unter dem dringenden Tatverdacht Frau Petra Eschenrieder ermordet zu haben. Dazu bitten wir Sie zu einer offiziellen Befragung in die Polizeiinspektion Zwiesel.«

»Ja habt ihr sie noch alle? Was ist denn das für ein Blödsinn?« Meier blickte Hilfe suchend in die Runde, doch der vormals recht lustigen Gruppe war der Spaß nunmehr endgültig vergangen. Ihnen war die Situation offensichtlich äußerst unangenehm. Einer der Politiker wandte sich an Meier: »Du, Michi, jetzt geh mit dem Max einfach mal mit. Das wird sich sicher alles aufklären. Hier glaubt doch wirklich niemand, dass du jemanden umgebracht hast.« Er sah in die Runde und die Anwesenden nickten unisono.

Meier zuckte wortlos mit den Schultern und wandte sich an Schmidt: »Ihr könnt gleich mal schauen, dass ihr irgendwo den Graf erwischt und dass er sich umgehend zu dieser obskuren Befragung einfindet. Ansonsten war dies meine letzte Äußerung. Ohne Anwalt gibt es von mir ab sofort nichts zu hören. Eines sag ich dir auch noch Schmidt – so nicht! Das lass ich mir nicht gefallen. Und jetzt gehen wir.« Meier warf Sara noch einen bösen Blick zu, bevor er mit schnellen Schritten in Richtung

Ausgang strebte. Max Schmidt und seine kleine Truppe folgten ihm auf den Fuß. Valentin, immer noch der stille Beobachter, sah wie Meiers Begleiter plötzlich ihre Sprache wiedergefunden hatten. Noch ehe er etwas von den wiedereinsetzenden Gesprächen mitbekam, packte ihn Sara am Oberarm und zerrte ihn weg.

»Was war denn das?«, fragte sie überrascht.

»Offensichtlich war die Polizei doch nicht so untätig, wie du die ganze Zeit angenommen hast, und ist zum gleichen Ergebnis wie wir gekommen. Dann lagen wir mit unserem Verdacht also goldrichtig.«

»So wie sich der Meier verhalten hat, wird die Befragung allerdings nicht gerade einfach werden. Mein Chef braucht da schon einiges mehr an Beweisen, als wir zurzeit haben.«

»Davon gehe ich jetzt aber stark aus. Der hat sicher harte Fakten in der Hand. Sonst würde er inmitten der einheimischen Promis nicht so auftreten. Wenn er den Meier nämlich nicht festnageln kann, dann gibt's in Zwiesel bald einen neuen Parkplatzwächter.«

»Der Schmidt ist ein Profi, der weiß, was er tut. Ich kann mir freilich vorstellen, dass ihm die Deggendorfer Mordkommission massiv im Nacken sitzt. Er würde vermutlich den Mörder gerne selbst überführen, anstatt den auswärtigen Kriminalern den Erfolg zu überlassen.«

»Sei es, wie es sei. Wir haben unser Bestes getan und nun müssen andere ran und den Deckel drauf machen. Komm, holen wir uns zwei Becher Glühwein und setzen uns in den warmen Unimog. Mir ist kalt und das Rennen interessiert mich ohnehin nicht.«

Sara nickte und sie schlenderten zu Volkans Imbissstand und dann zum Unimog. Die Standheizung hatte die Kabine warm gehalten, sodass sie ihre dicken Jacken ausziehen konnten. Die Anspannung der letzten Stunden fiel schnell ab, während sie immer müder werdend über die Erlebnisse der vergangenen Stunden sprachen. Der Glühwein verstärkte ihre Müdigkeit. Immer wieder fielen ihnen die Augen zu, bis sie schließlich der Schlaf übermannte.

Plötzlich wurde die Beifahrertür aufgerissen und ein Schwall eiskalter Luft schoss in den Innenraum.

»Da ist ja mein Detektiv. Und Jane Goodall, die Freundin aller Gorillas, sitzt auch gleich daneben. Ich habe euch beide schon überall gesucht«, dröhnte Jo mit lauter Stimme und schob sich neben Sara auf den Sitz. »Die Gendarmen haben vorhin doch tatsächlich den Michi Meier mitgenommen. Wie gut informierte Kreise berichten, wart ihr zwei sogar dabei. Jetzt erzählt mal – wie kommt man denn darauf, dass er die Eschenrieder umgebracht hat – und bloß keine Ausflüchte bezüglich laufender Ermittlungen oder so.«

Valentin benötige einen Moment, Jos verbalen Überfall zu verarbeiten, und schaute dann Hilfe suchend zu Sara. Diese zuckte jedoch nur mit den Schultern. So antworte Valentin: »Den entscheidenden Tipp hast du heute früh gegeben. Nach dem Mord ist der Weg frei für den neuen Skilift am Riesberg und Meier ist dabei der Hauptnutznießer. Er hat da erhebliche Vorarbeit geleistet und vermutlich auch viel Geld investiert, der konnte am Schluss gar nicht mehr anders.«

»Aha und dann ist er nach Frauenau gefahren, hat gewartet, bis der Schneepflug die Hauptstraße entlangkam und schwupp war das Problem perdu.«

»Ich glaube doch auch nicht, dass der Mord exakt geplant war. Vielleicht haben sie auch nur gestritten und er hat sie dabei auf die Straße gestoßen. Das wird die Polizei schon noch herausfinden. Was hast du denn? Das ist doch eine tolle Story. Wenn du es ein wenig auswalzt, kannst du die ganze Woche damit bestreiten.«

»Ihr glaubt also wirklich, dass der Michi irgendwelche Künstlerinnen umbringt, nur weil sonst das Public-Private-Partnership-Projekt seines Schwagers den Bach runtergeht?«

»Wenn es ums Geld geht, dann hört für die Leute der Spaß auf. Du musst ihn nicht schützen, nur weil er einer deiner Spezis ist.«

Jo lachte laut auf. »Ist er seit gestern Abend ja auch nicht mehr. Der hat mich beim Watten total abgezockt. Du hast recht, für mich ist diese Woche arbeitsmäßig gelaufen. Erst das Rennen, dann die Rauhnacht und jetzt die Wahnsinnsstory: ›Sportgeschäftsbesitzer Meier in der VIP-Lounge des Arber Skirennens von Polizei verhaftet‹. Am nächsten Tag kommen dann die Hintergründe direkt von meinen geheimen Insiderkontakten. Keine

Angst, eure Namen erwähne ich nicht. Mitte der Woche kommt aber dann das Beste. Der Woodpecker fragt beim Innenministerium nach, wie die Polizei eigentlich so doof sein kann, den Falschen mitzunehmen. Ich denke da an irgendetwas, das sich reimt, in etwa so: ›Die Schlamperei bei der Polizei‹.«

Valentin blickte überrascht zu Sara. Sollten sie so danebengelegen haben? Immerhin war ihre Indizienkette unabhängig von der Polizei nachvollzogen worden. Sara hatte die gleichen Gedanken.

»Unsinn. Der Meier hat kein Alibi, den größten Nutzen und ist definitiv ein Typ, der notfalls über Leichen geht.«

Jo grinste süffisant. »Bei den letzten beiden Argumenten gebe ich dir recht, doch beim Alibi liegst du daneben. Er hat nämlich durchaus eins, allerdings keines, das man so in die Landschaft hinausposaunt.«

»Sollte er wirklich ein Alibi haben, dann hat er das irgendwie konstruiert. Wenn wir das genau überprüfen, wird sich sicher rausstellen, dass es ein Hintertürchen gibt und er es doch gewesen war.«

»Leute, Leute«, stöhnte Jo, »ihr seid ja total auf den Michi eingeschossen. Sucht euch einen anderen, er war es nicht und ich kann es sogar bezeugen. Ich war sozusagen den ganzen Abend mit ihm zusammen.«

»Du?«, fragte Valentin erstaunt. »Jetzt raus damit, das will ich genau wissen. Wo wart ihr zusammen und wie lange?«

»Der Michi hat eine Jagdhütte zwischen Brennes und Lohberg. Nach der Hindenburgkanzel rechts den Wald hoch. Da haben wir uns am frühen Abend getroffen und waren bis weit nach Mitternacht dort. Er hat die Hütte den ganzen Abend nicht verlassen, das weiß ich definitiv.«

»Wenn das wirklich so stimmt, dann ist die Verhaftung für den Meier doch überhaupt kein Thema. Er teilt dies bei der Vernehmung der Polizei mit, die befragt dich, du bestätigst seine Aussage und die Sache ist gegessen. Anschließend wird zwar über den Schmidt ein heftiges Unwetter niedergehen, aber das hält der aus. Wo ist das Problem?«

»Tja«, meinte Jo, mittlerweile vorsichtig formulierend, »das Alibi ist zwar felsenfest, doch gibt es da noch ein paar Randbedingungen, die nicht unbedingt publik werden dürfen. Ich denke, da hat der Michi ein Problem und wird die Aussage verweigern.«

»Ehrlich gesagt, ich verstehe nicht, was du meinst«, sagte Valentin und blickte verständnislos drein.

Über Saras Gesicht hingegen huschte ein Lächeln. »Die Weiber«, rief sie und schnalzte mit der Zunge. »Ihr beide wart nicht allein dort. Ihr habt euch den Abend lang mit diesen sogenannten Models amüsiert. Habe ich recht?«

Valentin langte sich mit der Hand an die Stirn. Die beiden hatten in der Jagdhütte eine Orgie gefeiert. Dummerweise war Michi Meier verheiratet und wenn ihn nicht alles täuschte, hatte damals seine Frau das Sportgeschäft mit in die Ehe gebracht. Er konnte sich lebhaft vorstellen, dass er dieses Alibi erst offenlegen würde, wenn er sonst aus der Sache nicht mehr rauskam.

»Houston, wir haben ein Problem«, zitierte Valentin den Spruch der Apollo-13-Besatzung, als auf der Reise zum Mond der Sauerstofftank explodiert war.

»Das kannst du laut sagen«, bestätigte Jo die Aussage. »Ich möchte es allerdings präzisieren. Ihr habt ein Problem, weil ihr auf dem Holzweg seid und inmitten der ganzen Prominenz den Falschen verhaftet habt. Der Michi hat auch ein Problem, weil er zwar ein Alibi hat, es aber keinesfalls ausspielen darf. Sonst kann er sich in Zwiesel eine Brücke suchen, unter der er sein neues Heim errichtet.«

»Auch du hast ein Problem, mein lieber Jo, und zwar mit deiner Freundin, wenn das alles bekannt wird«, ergänzte Valentin süffisant.

Als Antwort verdrehte Jo die Augen und gab ein Stöhnen von sich. Die drei saßen eine Weile nebeneinander im Unimog. Leise surrte die Standheizung und blies Wärme in die Fahrerkabine. Irgendwann kurbelte Valentin das Fahrerfenster herunter und ließ frische Luft herein. Er murmelte eine Weile leise vor sich hin, dann ergriff er das Wort: »Wir können uns jetzt alle an den Händen fassen und gemeinsam mit Hurra über die Klippe springen oder wir überlegen uns einen Weg, wie wir aus dem Schlamassel wieder herauskommen.«

»Du hast es gut«, sagte Jo, »heute Abend geht dein Zug nach München und dann kannst du das Fiasko gemütlich aus der Ferne betrachten. Wir bleiben aber hier und ab morgen geht's dann so richtig rund.«

»Ich hätte da eine Idee. Die ist aber nicht ganz koscher, könnte jedoch funktionieren. Es müssten halt ein paar Leute mitspielen«, sagte Valentin.

»Jetzt sag schon und tu nicht so geheimnisvoll«, sagte Sara. »Uns läuft die Zeit davon.«

»Folgender Vorschlag: Der Schmidt behauptet, das alles war ein etwas derber Scherz, um den Michi Meier ein wenig auf die Schippe zu nehmen.«

»Grandioser Einfall«, unterbrach ihn Sara.

»Lass mich doch mal ausreden«, entgegnete Valentin. »Also, es war ein Jux, um dem Meier einen Streich zu spielen. Dieser darf sich ruhig darüber ärgern, er lässt aber seinen Anwalt und die politischen Spezis aus der Sache raus und rückt dem Schmidt wegen des offensichtlichen Fehlers nicht auf die Pelle. Schmidt wiederum prüft mit Jo das Alibi. Stellt es sich als wahr heraus, dann bleibt die kleine Orgie im Wald in den Akten unerwähnt. Dazu müssten alle Beteiligten die Tatsachen ein wenig großzügig auslegen, aber es hätten davon auch alle einen Vorteil.«

»Der Michi würde mitmachen, da bin ich überzeugt«, konstatierte Jo nach kurzem Überlegen. »Fraglich ist halt, ob unser übereifriger Polizeichef auf so einen Deal eingeht. Was meint denn unsere Praktikantin dazu? Du kennst ihn besser.«

Sara überlegte einige Augenblicke. »Für meinen Chef steht viel auf dem Spiel, und Valentins Vorschlag ist ja nicht direkt gegen eine Dienstvorschrift. Er müsste halt etwas flexibel sein.«

»Vielleicht solltest du ihm den Vorschlag machen«, sagte Jo, »das geht aber nur persönlich und nicht per Telefon. Ich als Journalist brauche nicht mit so einer Idee bei ihm aufkreuzen. Der wirft mich schnurstracks raus. Ich komme jedoch wegen des Alibis mit und kann auch den Michi bearbeiten.«

»Dann machen wir es so«, sagte Valentin. »Und was unternehmen wir weiter im Mordfall Eschenrieder? Alle unsere Spuren enden im Nirwana.«

»Wenn wir das mit Schmidt und Meier geregelt haben, dann nehme ich mir den Osserriesen noch mal vor«, sagte Sara. »Der ist nicht so unschuldig, wie er tut. Da steckt noch mehr dahinter.«

»Ihr kennt die Identität des Osserriesen?«, fragte Jo sofort und Valentin konnte regelrecht sehen, wie seine Ohren größer wurden.

»Öh, nein«, versuchte Sara abzuwiegeln. »Wir beide haben uns da nur mal so unterhalten, wer es denn theoretisch sein könnte. Fahren wir jetzt los?«

Jo blickte sie nachdenklich an. Es war deutlich zu erkennen, was er von Saras Bekundung hielt. Doch anscheinend wollte er in der aktuellen Situation nicht nachbohren.

»Es tut mir leid, Valentin, aber ich glaube, du solltest nicht mitkommen. Sonst treten da zu viele Figuren auf.«

Valentin war mit der Vorgehensweise einverstanden. Sara würde wissen, auf was sie sich einließ. »Dann lasst euch mit dem Fahrservice zur Polizei kutschieren und ich geh derweil zum Abbau der Rauhnacht in die Au. Ihr könnt dann noch nachkommen oder wir sehen uns spätestens abends am Bahnhof. Ich drück euch fest die Daumen.«

Sie verabschiedeten sich. Jo und Sara wurden in einem Luxusgeländewagen in Richtung Zwiesel chauffiert, während Valentin mit dem Unimog fuhr. Es ärgerte ihn, dass ihre Bemühungen, den Mörder der Eschenrieder zu finden, im Sande verlaufen waren. Er konnte nur noch hoffen, dass die Polizei oder Sara erfolgreicher waren. Er würde in den restlichen Stunden seines Aufenthalts wohl nichts mehr erreichen.

KAPITEL 24

Valentin hatte die Schneeketten immer noch nicht abgenommen, obwohl die Straßen gut befahrbar waren. Schließlich musste er noch zur Glasschmiede und seine beiden Kumpel hatten sicher noch keine Zeit oder besser gesagt keine Lust gehabt, den schmalen Weg von der Straße durch den Wald vom Schnee zu befreien. So fuhr er gemächlich auf der geräumten Teerstraße in Richtung Frauenau und bog vorsichtig in die verschneite Spur zur Schmiede ein. Dort angekommen marschierte er in die Stube. Doch Axel und Richard waren nicht zu Hause, und das Feuer im Ofen war erloschen. Valentin packte seine Sachen zusammen, verstaute sie im Unimog und fuhr dann die wenigen Kilometer zur Bürgerhalle weiter.

Ein großes Aufgebot freiwilliger Helfer war dabei, die aufwendige Dekoration wieder abzubauen. Vieles davon wurde jedes Jahr verwendet, sodass alle sorgfältig damit umgingen. Max Wenig kommandierte in gewohnter Weise die Abbauarbeiter. Axel und Richard mussten vor dem Abnehmen der Figuren die ganze Beleuchtung entfernen. Sie begrüßten Valentin nur kurz, und Richard teilte ihm sofort eine Figur zu. Er sollte die Kabel der Leuchtdioden-Illumination ausbauen und sauber geordnet in transparente Kunststoffboxen verstauen. Richard zeigte ihm mit Schweißperlen auf der Stirn, was er dabei zu beachten hatte, und eilte dann sofort weiter zur nächsten Waldgestalt.

Mit einer Staffelei machte sich Valentin auf den Weg zur besagten Dekoration und kletterte vorsichtig hinauf in das Innere. Die Beleuchtung war aus Sicherheitsgründen deaktiviert, und so war es innerhalb der Waldfigur stockdunkel. Er war froh über die Stirnlampe, die ihm Richard bei der Einweisung noch in die Hand gedrückt hatte. Dann fing er sorgfältig an, die kleinen Schräubchen und Klebestreifen zu lösen, mit denen die Glasschmiede vor ein paar Tagen die Verkabelung und die Leuchtdioden befestigt hatten. Während der Arbeit musste er die ganze Zeit an die letzten zwei Tage denken. So kam er nur langsam voran.

An irgendeiner Stelle hatten sie einen Fehler gemacht und waren falsch abgebogen. Dieser Michi Meier war nicht der Täter, in dieser Hinsicht vertraute er Jo. Beim Osserriesen hatten sie auf ihren Bauch gehört, vielleicht lagen sie falsch, aber irgendwie konnte er es nicht glauben, dass dieser seine Freundin getötet hatte.

Mittlerweile war er sich absolut sicher, dass die Tat eine Folge eines mehr oder minder spontanen Streits auf der Straße gewesen war. Vielleicht war es ja dieser Skilehrer gewesen. Er kannte ihn zwar nicht persönlich, doch was er bisher über ihn erfahren hatte, hatte ihn in Valentins Augen nicht sympathisch erscheinen lassen. Für seine Karriere ging der sicher über Leichen. Eigentlich der Idealkandidat für den Mord. Doch er hatte angeblich ein Alibi. Sara musste dieses unbedingt überprüfen.

Vielleicht gab es daneben jemanden, der im Streit mit der Eschenrieder gelegen hatte und den sie bisher überhaupt noch nicht in Betracht gezogen hatten. Allerdings hatten die Recherchen bislang keinen weiteren Verdächtigen zu Tage gefördert, und die Polizei war offensichtlich auch nicht glücklicher bei ihrer Arbeit gewesen.

In der Zwischenzeit war die gesamte Elektrik ausgebaut und Valentin kroch wieder aus dem Innern der Figur. Kaum von der Staffelei heruntergestiegen stand plötzlich Sara vor ihm.

»Du bist schon zurück? Hast du deinen Chef überzeugen können?«, fragte Valentin.

Sara nickte mit zusammengepressten Lippen. »Das war vielleicht eine schwere Geburt. Ich dachte mir ja schon, dass ich zuerst am besten allein mit ihm rede und den Jo vor der Tür warten lasse. Ohne Vorwarnung mit einem dermaßen delikaten Vorschlag und noch dazu mit einem Pressefuzzi im Schlepptau bei ihm aufzukreuzen, würde nie und nimmer funktionieren. Wie auf einen lahmen Gaul habe ich endlos auf ihn eingeredet. Irgendwann ist er eingeknickt, doch als die Sprache darauf kam, wer den ganzen Abend mit Meier zusammen war, wäre die Abmachung beinahe wieder zerbröselt.«

»Was ist eigentlich mit den Frauen, die anwesend waren? Die könnten doch ebenfalls eine Aussage machen.«

»Super Idee«, ätzte Sara, »die würden dir vermutlich sogar bestätigen, dass auch der Nikolaus dabei war. Sie sind aus meiner Sicht unglaubwürdig und in wenigen Stunden ohnehin nicht mehr greifbar. Vergiss es, entweder glauben wir Jo oder wir lassen es. Nun ja, zurück zum Thema. Irgendwann hatte ich dann den Schmidt so weit, dass er schweren Herzens zustimmte, und nun sitzen sie zu dritt beisammen und besprechen die Details. Ich habe mich abgesetzt, weil ich dich vor der Abreise noch gerne sehen wollte. Es könnte ja sein, dass uns gemeinsam noch etwas zum Mord an der Petra einfällt.«

»Schön wäre es. Ich überlege bereits die ganze Zeit, aber ich habe einfach keine neue Idee mehr. Uns läuft auch die Zeit davon, in einer Stunde muss ich am Bahnhof sein.« Valentin spielte in Gedanken versunken mit der Telefonzange herum.

Sara sah ihn verwirrt an. »Du bist total weggetreten. Was ist los?«

Er öffnete und schloss die Zange noch ein einige Male, bis er seinen Kopf hob und Sara in die Augen sah. »Ich glaube, der Köck kann die Petra gar nicht getötet haben. Ein Teil passt da nämlich so ganz und gar nicht in das Puzzle. Das hätte mir eigentlich auch schon früher auffallen müssen.«

»Hä?«, gab Sara von sich. »Dann sag doch bitte was und lass mich nicht so dumm herumstehen.«

»Die Aussage des Schneepflugfahrers ist wichtig. Den springenden Punkt solltest du sogar im Protokoll finden. Selbst wenn sich der Köck irgendwann während des Soundchecks abgeseilt hat, um mit der Petra zu reden, dann hätte er gewiss keine Rauhnachtsfigur dabeigehabt. Dagegen sah der Fahrer zwei Figurenköpfe, die miteinander gerungen haben.«

Sara fasste sich mit der Hand an die Stirn. »Du hast recht. Der trifft sich nicht mit ihr zu einer Aussprache und hat eine Figur dabei. Völliger Käse. Warum habe ich das bloß nicht vorher bemerkt? Das hätte uns einiges an Zeit erspart.«

»Die ungestüme Jugend«, bemerkte Valentin und zwinkerte ihr zu. »Allerdings beweist dies nur, was wir rein gefühlsmäßig ohnehin schon wissen. Es bringt uns keinen Deut weiter.«

»Nur keine falsche Müdigkeit vorschützen ihr zwei dort hinten«, rief Wenig quer durch die Halle. »Es gibt jede Menge zu tun. Nehmt die Hexe im hinteren rechten Eck als Nächstes, in zehn Minuten kommt das Abbaukommando und bis dahin muss die ganze Elektrik raus.«

Valentin und Sara blickten sich überrascht um. Doch sie waren die Einzigen in diesem Bereich der Halle, also musste Max Wenig sie gemeint haben. Valentin hob die Hand und rief: »Ja, ja.«

»Und macht mir bloß an der Hoiberhexe nichts kaputt, die habe ich inzwischen seit mehr als zehn Jahren.«

Sara flüsterte leise: »Dieser Sklaventreiber.« Gemeinsam nahmen sie die Staffelei und gingen schnellen Schrittes zu der besagten Hexe. Diese war überlebensgroß und bestand aus drei separaten Teilen. Kopf und Körper waren aus Draht und Pappmachee geformt, in gedeckten Farben bemalt und mit viel Naturmaterialen verziert. Ihre Beine hatte man um einen großen Besen geschlungen. Mit allerlei Drähten und Haken war sie an Decke und Wand befestigt worden.

»Ich versuche irgendwie von unten in den Körper zur Elektroinstallation vorzudringen. Halte bitte die Staffelei fest, solange ich in der Hexe herumwerkle. Ich habe keine Lust nochmals irgendwo herunterzufallen«, murmelte Valentin und steckte sich einen Schraubendreher und eine Telefonzange in die Hosentasche. Er knipste die Stirnlampe an und kletterte hoch.

Valentin bewunderte die Arbeit von Richard und Axel. Sie hatten beim Aufbau in kurzer Zeit unglaublich viel geleistet und die Ansteuerung der in die Hunderte gehenden Leuchtdioden war eine technische Meisterleistung. Der Verein konnte froh sein, solch engagierte Mitglieder zu haben. Inzwischen steckte er bis zu den Beinen im Innern der Hexe und suchte die Befestigungspunkte der Leuchtelemente. Damit wollte er beginnen und sich dann den Kabeln entlang nach unten arbeiten. Dabei fiel sein Blick auf die Überschriften der alten Zeitungen des Pappmascheekörpers. Direkt vor sich sah er einen Artikel, der ausführlich und mit Fotos die erste Erdumrundung mit einem Ballon beschrieb. Er versuchte zu entziffern, wie lange dafür benötigte wurde, die Erde auf diese Weise zu umrunden. Sicherlich weit weniger als die 80 Tage, die Jules Verne in seinem Roman damals angesetzt hatte. Dummerweise waren da jede Menge Farbkleckse und ein besonders großer verdeckte die Dauer der Expedition. Die Farbe schien minderwertig zu sein, es war ein stark verblichener Braunton. Er fasste an die Stirnlampe und justierte das Licht neu. Vielleicht konnte er so die Schrift entziffern, doch es gelang ihm nicht.

Valentin schüttelte den Kopf und montierte dann weiter die Beleuchtung ab. Richard hatte das ganz geschickt gestaltet. Zuerst mit einem Tacker Klettband befestigt und anschließend Leuchtdioden und Kabel mit kleinen Klettschlaufen daran festgemacht. Einfach und effizient. Plötzlich hielt er inne. Er drehte seinen Kopf und betrachtete die Farbspritzer noch mal. Vorsichtig fuhr er mit dem Finger darüber, doch die Farbe war selbstverständlich trocken. Er befeuchtete einen Finger, strich darüber und schaute auf seine Fingerkuppe. Sie war dunkelrot.

»Verdammt«, entfuhr es ihm und vor Schreck wäre er beinahe auf der Staffelei ausgerutscht. Er kletterte schnell hinunter und blickte in Saras überraschtes Gesicht.

»Schon fertig?«

Valentin reichte ihr stumm die Stirnlampe. »Klettere ganz rauf und schau von innen auf die linke Seite im Kopf der Hexe. Dann sag mir, was du siehst.«

Sie blickte ihn fragend an und schüttelte verständnislos den Kopf. Dennoch stieg sie die Leiter empor. Bereits nach einigen Augenblicken war sie wieder bei ihm. »Da sind jede Menge Blutspritzer. Glaubst du auch, was ich glaube?«

»Jede Wette, dass es sich um das Blut der Eschenrieder handelt«, behauptete Valentin. »Der Kopf ist als separates Teil ausgeführt, dass jemand am Donnerstag in die Halle gebracht hat. Beim Transport spritzte Blut in das Innere. Was das bedeutet, muss ich dir ja nicht erklären.«

»Als die Petra vor den Schneepflug fiel, muss der Träger mit seiner Last direkt danebengestanden haben.«

»Exakt. Und damit kann es sich nur um den Täter handeln«, ergänzte Valentin.

»Wie bekommen wir nun raus, wer den Kopf hierher gebracht hat?«

»Das können eventuell sogar meine beiden Kumpels beantworten. Die haben am Donnerstag im Akkord die Beleuchtung eingebaut. Sie sollten sich erinnern können, wer wann etwas gebracht hat.«

Mit schnellen Schritten gingen sie auf die andere Seite der Halle, wo Axel und Richard an einem Kabelknäuel hantierten.

»Weiß einer von euch, wer den Kopf der Hoiberhexe hergebracht hat? Ich meine die dort hinten.« Die beiden blicken ihn verständnislos an und Valentin ergänzte mit sichtlich genervter Stimme. »Das muss am Donnerstagabend gewesen sein.«

»Das ist doch die Hexe vom Wenig. Na, dann hat er sie auch gebracht«, sagte Richard.

»Bist du dir da sicher?«

»Ich kann mich gut daran erinnern. Er hat sie sogar separat in dünne Folie verpackt, damit sie vom Schnee nicht nass wurde. Ich solle die Beleuchtung ganz sorgfältig anbringen und bloß an seiner Hexe nichts kaputt machen, hat er gemeint. Gleichzeitig hat hier die totale Hektik geherrscht. Du hast es ja am Donnerstag selbst miterlebt.«

Valentin blickte Sara vielsagend an. »Das würde zumindest erklären, warum auf dem Hexenkörper außen kein Blut war. Jetzt soll er uns mal erläutern, wie das Blut ins Innere des Kopfs kommt. Auf in den Kampf.«

»Lass mich das machen, du bist mir da immer zu indirekt.«

Valentin sagte nur: »Aha«, und schüttelte konsterniert den Kopf. Zusammen gingen sie mit schnellen Schritten zum Eingangsbereich. Max Wenig war leicht zu finden, da er wieder einmal lautstark dabei war, einige freiwillige Helfer zu motivieren.

»Herr Wenig, wir würden gerne mit Ihnen sprechen, und zwar sofort«, sagte Sara und hielt ihm ihren Ausweis vor das Gesicht.

Max Wenig sah sie überrascht an. »Das können wir doch sicher auch später machen? Ihr seht doch, dass wir abbauen müssen und ich einen Haufen Arbeit habe.«

»Ich bestehe darauf, dass wir jetzt sofort reden«, sagte Sara mit schneidender Stimme.

»Was ist denn los?«

»Ganz konkret?«, antwortete Sara. »Ich will von Ihnen wissen, ob Sie die Petra Eschenrieder vor den Schneepflug gestoßen haben.«

Valentin stand neben Sara und bemerkte, wie Wenigs Gesicht plötzlich aschfahl wurde. Er presste die Lippen zusammen und sie gingen ohne ein weiteres Wort zur Seite, um unbeobachtet sprechen zu können. Wenig blickte Sara fragend an.

»Wir können beweisen, dass Sie am Donnerstagabend ihre Hoiberhexe in Einzelteilen selbst in die Halle gebracht haben. Stimmen Sie dem zu?«

Wenig starrte Sara an und nickte langsam.

»Als Sie den Kopf der Hexe hierher transportierten, trafen Sie vorn an der Hauptstraße Frau Eschenrieder. Sie haben mit ihr gestritten und sie dann vor den Schneepflug gestoßen. Durch den Aufprall spritzte Blut in alle Richtungen und einiges auch ins Innere des Hexenkopfs, wo wir es entdeckten. All das können wir beweisen.«

»Die blöde Kuh hat doch selbst schuld«, entfuhr es Wenig, »sie hatte irgend so ein Trumm des Osserriesen in Händen, und als ich sie anrempelte, fiel sie auf die Straße. Dummerweise kam dann der Schneepflug den Berg hoch.«

»Es war also ein Unfall?«, fragte Sara nach. Ihre Skepsis war deutlich herauszuhören.

»Genau, es war ein Unfall. Ich habe sie nur ein wenig berührt. Da ist sie auch schon umgefallen. Das Teil, das sie trug, war einfach viel zu schwer für sie.«

Valentin, bislang der stille Beobachter, mischte sich in das Gespräch. »Warum hast du mit der Petra vorn an der Straße überhaupt gestritten? Der Schubs kam doch nicht aus heiterem Himmel.«

»Ich hatte mit ihr überhaupt keinen Streit. Wir trafen uns zufällig und ich muss sie irgendwie touchiert haben.«

»Jetzt red doch keinen Stuss«, fuhr ihn Valentin an. »Du hattest mit ihr vorn an der Straße eine hitzige Auseinandersetzung. Dann kam der Schneepflug hoch und du dachtest dir, jetzt einen kleinen Schubs und alle meine Probleme sind beseitigt. Und ich sage dir auch, um was es bei dem Streit ging. Es ging um ihr Grundstück für den neuen Skilift am Riesberg. So sieht es nämlich aus.«

Wenig wurde noch eine Spur blasser und holte tief Atem. Dann blickte er Valentin feindselig an. »Wenn du eh schon alles weißt, warum fragst du überhaupt? Ja, ich hatte mit ihr Streit. An einem Tag sagte sie Ja zum Verkauf und ein paar Tage später wieder Nein. Dieser depperte Köck hat sie immer wieder herumbekommen. Ich habe ihr gesagt, wenn du nicht nachgibst, dann hänge ich deinen asozialen Ökospinner endgültig bei der Polizei hin. Der Warnschuss bei einer seiner Arberaktionen hat ja nichts genutzt. Daraufhin hat sie mich nur noch angekreischt.«

Valentin schüttelte verständnislos den Kopf. »Dir kann doch dieser blöde Skilift völlig egal sein. Warum hast du dich denn so in diese Sache hineingesteigert?«

»Weil mich das ewige Herumgeeiere ruiniert hätte. Der Küblböck besaß schon immer das Grundstück für den Parkplatz, doch ich habe das Grundstück für die

Zufahrtsstraße für viel Geld kaufen müssen. Trotzdem wäre es ein richtig guter Deal geworden.«

»Wärst mal nicht so gierig gewesen.«

»Was heißt hier gierig«, Wenigs Stimme überschlug sich beinahe, »das war nicht für mich. Das war doch alles für diese Veranstaltung hier. Deshalb habe ich ja auch den Kredit auf den Verein aufgenommen, um den Grund bezahlen zu können. Als die dumme Kuh mir vorn auf der Straße sagte, dass sie sich jetzt endgültig entschlossen hat, nicht zu verkaufen, da bin ich ausgerastet. Das Geld für das Grundstück hätte ich nie und nimmer zurückzahlen können, und aus dem Verein wäre ich hochkant rausgeflogen. Das hätte mein Leben zerstört. Nur weil die Tussi nicht aus ihrer blöden Hütte im Wald ausziehen wollte.«

»Herr Max Wenig, ich nehme Sie hiermit wegen Mordes an Frau Petra Eschenrieder fest«, hörte Valentin Saras kalte Stimme. Er wandte sich ab und ging einige Schritte zur Seite, um in Ruhe nachzudenken. Der Wenig hatte das alles vermutlich tatsächlich für den Verein gemacht. Für die Zufahrt zum Parkplatz des Skilifts hätte man sicherlich jedes Jahr genügend Einnahmen bekommen, um damit den Kredit zu tilgen und die Rauhnacht zu subventionieren. Hätte das alles geklappt, dann wäre Wenig als Retter der Rauhnacht eingegangen.

KAPITEL 25

Valentin und Sara fuhren in dem alten Unimog nach Zwiesel zum Bahnhof. Sie saßen schweigend nebeneinander und jeder hing seinen Gedanken nach. Die Ereignisse in der Bürgerhalle hatten Axel und Richard völlig durcheinandergebracht. Für sie war eine Welt zusammengebrochen. Ein Vereinskollege aus ihrer Mitte hatte das ganze Geld des Vereins verspekuliert und dann auch noch jemanden aus ihrem Bekanntenkreis ermordet. Das ging über ihren Horizont. So verabschiedeten sie sich gedankenlos von Valentin. Es kam ihnen gar nicht in den Sinn, mit nach Zwiesel zum Bahnhof zu fahren. Sie würden einige Zeit benötigen, um diesen Schock zu verdauen. Sara jedoch wollte es sich keinesfalls nehmen lassen, Valentin zu begleiten. So übergab sie Max Wenig den beiden konfusen Glasschmieden, denen sie resolut auftrug, ihn zu bewachen, bis die Polizei eintraf.

Nun standen sie allein am Bahnsteig. Es hatte wieder angefangen zu schneien. In wenigen Minuten würde der Zug aus Richtung Eisenstein eintreffen und Valentin nach Plattling weiter zum Regionalexpress bringen.

»Was machen wir mit dem Osserriesen?«, fragte Valentin und sah Sara in die Augen. »Vergessen wir die Sache?«

»Ich möchte es davon abhängig machen, ob der Osserriese wieder zu einer Sagengestalt mutiert. Dann gestatten wir uns eine kleine Erinnerungslücke.«

»So ganz ungestraft möchte ich ihn aber nicht davonkommen lassen. Bitte besuche in den nächsten Tagen seine Frau und frage sie mal, was ihr größter Wunsch ist. Ich habe da so eine Ahnung. Anschließend schnappst du dir ihren Mann und gibst ihm einen entsprechenden Fingerzeig. Vergiss nicht zu erwähnen, dass du ihn weiter im Auge behalten wirst. Falls er nicht spurt, könnte sein Porträt als Osserriese wieder auftauchen.«

»Fiesling«, grinste Sara. »Auf dieses Gespräch bin ich gespannt. Das gehe ich auf jeden Fall noch diese Woche an.«

Vom Bahnhofsvorplatz her näherte sich mit schnellen Schritten ein in einem dunklen Mantel gekleideter Mann. Valentin kannte ihn vom Eintrag der Rennläuferinnen ins Goldene Buch. Es war Erwin Paternoster, der Bürgermeister von Zwiesel.

»In diesem Falle bin ich ausnahmsweise mal froh, dass der Zug Verspätung hat und ich Sie noch erwische, Herr Steinberg. Zuerst einmal vielen Dank für die schnelle Entlastung meines Fraktionskollegen Meier. Wenn Sie und natürlich Ihre junge Kollegin nicht so fix agiert hätten, wäre womöglich und völlig ungerechtfertigt ein großer Schaden für unsere politische Gruppierung entstanden.«

Valentin konnte sich ein Grinsen nur knapp verkneifen. Typisch Politiker, dachte er. Die fanden immer die richtigen Worte, um das Unangenehme angenehmer erscheinen zu lassen. Denn er hatte nichts anderes geäußert, als eine nette Umschreibung dafür, dass man die hinter dem neuen Skilift stehende Partei mit Schimpf und Schande aus dem Amt jagen würde, falls die Hintergründe an die Öffentlichkeit kämen. Wenn sein gesunder Menschenverstand noch einigermaßen funktionierte, könnte es sein, dass nun ein interessantes Angebot folgte.

»Wir erwarten in allernächster Zeit eine größere Fördermaßnahme vom Land Bayern. Ein Inkubator für Technologie-Start-ups. So wie es aussieht, bräuchten wir da noch einen Business-Angel für die ganzen unerfahrenen Jungunternehmer. Mit Ihrem Background könnte das perfekt passen. Ein Faible für die alte Heimat haben Sie ja und gut vernetzt bis in unsere Landeshauptstadt München sind Sie ebenfalls. Wie wäre es damit?«

Dieses Angebot überraschte Valentin dann doch. Damit hatte er nicht gerechnet. »Ich werde mir den Vorschlag auf jeden Fall durch den Kopf gehen lassen. Er klingt sehr interessant.«

»Bezüglich der Dotierung machen Sie sich mal keine Sorgen, da werden wir uns einig. Denken Sie darüber nach, doch lassen Sie sich nicht allzu viel Zeit. Ich möchte da in Bälde Nägel mit Köpfen machen.« Er schüttelte Valentin und Sara die Hand und strebte dann schnellen Schrittes in Richtung Bahnhofsstraße.

Sara blickte Valentin verdutzt an. »Was war denn

das?«, sagte sie verwundert. »Habe ich das jetzt richtig verstanden? Er hat dir einen Job angeboten?«

»Das ist kein Job, das ist eine sehr anspruchsvolle Position. Klingt nicht schlecht. Damit schlägt er gleich zwei Fliegen mit einer Klappe. Er erkauft sich mein Schweigen und bekommt einen fähigen Manager, der sich um die neuen Firmen kümmert. Ein geschickter Schachzug und nebenbei angemerkt, vermutlich ein recht verlockendes Angebot.«

»Dann könntest du ja wieder nach Zwiesel ziehen. Das fände ich lustig.«

Valentin blickte nachdenklich auf den Bahnhofsvorplatz. Nach einigen Augenblicken wandte er sich wieder an Sara. »Liebste Sara, ich habe da so einen Verdacht, dass in nächster Zukunft auch auf dich neue Herausforderungen zukommen werden.«

»Hä, warum denn das?«

»Dreh dich einmal unauffällig um. Rechts hinter dir parkt seit einigen Minuten ein großer schwarzer Geländewagen. Rate mal, wer vorn an der Motorhaube lehnt?«

»Mach es nicht so spannend. Wer denn?«

»Dein so heiß geliebter Terrorjäger. Ich wette um ein gutes Abendessen mit passendem Wein aus Frankreich, dass er einen Vorschlag hat, wie es mit dir in Zukunft weitergehen könnte.«

»So ein Blödsinn, der ist doch heilfroh, wenn er mich los ist.«

»Iwo, der ist ein ganz großer Fan von dir. Das kannst

du mir glauben. Ich als Mann spüre das. Sobald ich im Zug sitze, wirst du es von ihm erfahren.«

Sara blickte ihn mit offenem Mund und großen Augen an. Valentin grinste, als er sie so sah. Sofort fingen beide lauthals an zu lachen.

ENDE

DANKSAGUNG

Die Schriftstellerei ist bekanntermaßen eine recht einsame Arbeit. Doch ohne Unterstützung, Anregungen, Kritik, Motivation und so manchen Schubs wird man es allein nicht schaffen ein lesenswertes Buch zu schreiben. So möchte ich mich an dieser Stelle bei einigen Menschen bedanken, die mir bei diesem Krimi sehr geholfen haben.

Ich beginne mit Stefan »Hadei« Wagner für die Beschaffung des wunderschönen Rauhnachtsgedichts, das ich unbedingt im Buch haben wollte. Birgit Braun hat ihre profunden Kenntnisse eingesetzt, um die ersten Fassungen des Textes enorm zu verbessern. Ich schätze ihre konstruktive Art der Kritik sehr. Andrea Peschl organisierte viele Hintergrundinformationen zur Rauhnacht, die mich tief in diese alte Tradition eintauchen ließen. Sven Lang vom Gmeiner-Verlag hat mich von Anfang an bei diesem Buchprojekt umfassend unterstützt, war mir stets ein kompetenter Ansprechpartner und sein professionelles Lektorat hat dem Text gutgetan.

Dann sind da noch Alex, der ich viel psychologische Unterstützung und die Idee zum Prolog verdanke, Viktoria, die nicht mit so mancher Kritik sparte und beim Titelbild behilflich war. Vincent steuerte viele einfallsreiche Wortkreationen bei, die ich leider nicht immer im Text unterbringen konnte. Ursula organisiert seit Jahren interessante Artikel aus dem Bayerwald Boten sowie anderen lokalen Zeitungen und gab mir viele Hinweise zum Tagesgeschehen. Schließlich ist da noch Franz, der mir immer wieder tiefe Einblicke in den Mikrokosmos des Bayerischen Wald aus der Sicht eines »Ureinwohners« vermittelte. Euch allen vielen Dank, denn ohne eure Hilfe wäre dieses Buch nicht möglich gewesen.

FRANZ KREUZER
Waldsterben
Ein Krimi aus dem Bayerischen Wald
GMEINER
Original

Das Neueste aus der Gmeiner-Bibliothek

Unsere Lesermagazine

Bestellen Sie das kostenlose KrimiJournal in Ihrer Buchhandlung oder unter www.gmeiner-verlag.de

Informieren Sie sich …

www … auf unserer Homepage:
www.gmeiner-verlag.de

@ … über unseren Newsletter:
Melden Sie sich für unseren Newsletter an unter www.gmeiner-verlag.de/newsletter

f … werden Sie Fan auf Facebook:
www.facebook.com/gmeiner.verlag

Mitmachen und gewinnen!

Schicken Sie uns Ihre Meinung zu unseren Büchern per Mail an gewinnspiel@gmeiner-verlag.de und nehmen Sie automatisch an unserem Jahresgewinnspiel mit »mörderisch guten« Preisen teil!